치매 어머니의 일기장

치매 어머니의 일기장

초판 1쇄 2025년 12월 22일

지은이 석상혁
발행인 김재홍
교정/교열 김혜린
디자인 박효은
마케팅 이연실

발행처 도서출판지식공감
등록번호 제2019-000164호
주소 서울특별시 영등포구 경인로82길 3-4 센터플러스 1117호(문래동1가)
전화 02-3141-2700
팩스 02-322-3089
홈페이지 www.bookdaum.com
이메일 jisikwon@naver.com

가격 17,000원
ISBN 979-11-5622-974-2 03810

 잊혀지는 기억 속에서도, 삶은 계속 기록된다

이 책은 치매라는 질병이 한 사람의 기억을 어떻게 바꾸어가는지, 그리고 그 옆에서 가족이 무엇을 배우고 잃어갔는지를 담은 이야기다. 그 시작은 다름 아닌, 한 권의 제약회사 홍보용 다이어리였다.

 다이어리 위의 시간

이 일기장은 제약회사가 제작한 다이어리로, 각 페이지 상단에는 1년치 날짜가 미리 인쇄되어 있었다. 어머니는 그 날짜 아래에 직접 자필로 하루의 기록을 이어갔다. 따라서 이 책의 일기들은 편집자가 재배열한 것이 아니라, 어머니가 실제로 다이어리의 인쇄 날짜를 따라 시간의 순서대로 적어 내려간 기록이다.

독자들은 책을 넘기며, 그 상단의 날짜를 함께 보길 바란다.
그 날짜는 어머니가 기억을 잃어가던 시간의 '증거'이자, 세월의 흐름과 함께 무너지는 인식의 리듬을 보여주는 또 하나의 언어이기 때문이다.

 시간의 층위로 본 한 인간의 여정

이 책은 '계절'이 아니라, 어머니의 정신과 감정의 흐름을 따라 나뉘어 있다.

1. 기억의 시기 – 평범한 일상, 분명한 시간감각과 가족의 온기
2. 흔들림의 시기 – 잊힘의 시작, 불안과 혼란의 그림자
3. 붕괴의 시기 – 망상과 분노, 감정이 기억을 덮는 단계
4. 침묵의 시기 – 언어가 사라지고, 감정만 남은 마지막의 시간

이 네 단계는 단순한 병의 경과가 아니라, 한 인간이 '기억을 잃어가며 어떻게 감정으로 자신을 지탱하는가'의 기록이다.

그 속에서 우리는 '치매'라는 의학적 단어가 사실은 '감정의 언어로 변해가는 기억의 이야기'임을 목격한다.

 기억을 붙잡으려는 손끝

어머니의 글씨는 시간이 갈수록 작아지고 떨렸지만, 마지막까지 그 펜을 놓지 않았다. '오늘도 살았다', '감사하다', '죽고 싶다' 짧은 문장들 속에는 절망과 희망, 분노와 사랑이 동시에 흐른다.

그것은 병의 기록이자, 인간의 존엄을 지키려는 언어였다.

기억의 끝에서 발견한 사랑

　이 책은 결국 한 사람의 병이 아니라, 그 병을 통해 드러난 인간의 감정과 존재의 본질에 대한 기록이다. 기억은 사라져도 감정은 남는다. 어머니는 끝내 세상을 잊었지만, 사랑하는 사람들의 이름만은 오래도록 잊지 않았다.

　이 책은 그 한 줄 한 줄의 싸움, 즉 '기억을 잃어가며 하루를 붙잡으려 한 사람의 기록'을 가장 사실적인 형태로 남긴 다이어리이다. 독자들은 그 날짜를 따라가며, 어머니의 기억 속 시간과 감정의 궤적을 함께 걸어가게 될 것이다.

* 치매 병리 개념 정리는
　중앙치매센터의 [치매대백과]를 참조하였습니다.

전쟁의 딸로 태어난 어머니, 묵묵함으로 버틴 아버지
그리고 서로 다른 온도로 한 생을 함께한 두 사람

어머니의 삶은 전쟁과 가난 속에서 홀로 버틴 한 사람의 강인함으로 시작되었다.

1943년, 혼란이 일상이던 시절에 태어난 어머니는 아버지를 모른 채 자랐다. 외조부는 스무 살의 나이에 일본군에 자원해 전쟁터로 떠났고, 끝내 돌아오지 않았다. 2000년대 들어서야 파푸아뉴기니 전투에서 전사했다는 사실이 확인되었다. 홀어머니 밑에서 자란 어머니의 유년 시절은 보호보다 '견디는 법'을 먼저 배워야 하는 시간이었고, 그 사정 속에서도 학업을 스스로 이어가며 중·고등학교를 졸업해낸 것은 지금 생각해도 기적 같은 일이었다.

1965년, 어머니는 아버지를 만나 결혼했다. 그 결혼은 로맨틱한 시작이라기보다 그 시대가 요구한 '책임의 결합'에 가까웠다.

두 칸짜리 좁은 방에서 외조모와 함께 신혼을 시작했고, 아버지는 재단사로 성실하게 기술을 쌓아 생계를 책임졌다. 말수 적고 표현이 서툴렀지만, 아버지에게 사랑이란 결국 묵묵히 일하는 것, 가족을 지키는 것이었다.

서울로 올라와 명동에서 양장점을 운영하던 시절은 부모님의 삶에서 가장 스포트 라이트를 받았던 시기였다. 아버지의 사업은 잘

되었고, 모든 가정이 평화롭고 행복했다. 그러나 그 평온은 오래가지 못했다.

아버지는 더 큰 도전을 위해 대기업 하청 공장 운영에 뛰어들었지만 2년을 넘기지 못해 실패했고, 가족은 이태원의 작은 여관업을 시작했다. 그 곳에서의 4년은 말 그대로 지옥 같은 시기였다. 밤낮 없이 일하고 술 취한 손님을 상대해야 했으며, 늘 위험과 피로 속에서 생활해야 했다. 그러나 그 어떤 상황에서도 어머니와 아버지는 좌절하는 법이 없었다. 외조모를 모시고, 시골에서 올라온 고모들을 돌보며 어머니는 누구도 흉내 내기 어려운 인내와 성실함을 보여주었다. 그 모든 헌신이 너무 당연하게 여겨졌지만 어머니는 늘 "그저 같이 먹고 자고, 도와준 것뿐"이라 말하곤 했다.

자식들이 성장해 각자의 삶을 찾아 떠난 뒤, 부모님은 비로소 둘만의 시간을 맞았다.

말수 적고 원칙적인 아버지의 성향과 섬세하고 정리정돈을 중요시하는 어머니의 성격은 어떤 갈등 없이 조용히 서로를 보완했다. 큰소리 없이, 특별한 사건 없이, 그저 서로의 온도를 인정하며 흘러가던 평온한 일상이었다.

돌이켜보면, 어머니는 폭풍 속에서도 흔들리지 않는 나무였고 아버지는 말없이 그 곁을 지켜낸 숲 같은 존재였다. 서로 다른 온도로 한 생을 살아냈지만 그 온도가 합쳐져 만들어낸 삶이 바로 우리 가족의 역사였다.

두 사람의 온도, 그리고 한 사람의 기억이 흐려지기 시작한 순간

그러나 2015년 무렵부터 부모님의 균형은 조금씩 흔들리기 시작했다.

어머니의 기억이 희미해지면서 사소한 말도 의심으로 번졌고, 그 의심은 곧 감정의 파도처럼 집안을 흔들었다. 어제 나눈 대화를 오늘 처음 듣는 듯 되묻거나, 가족의 이야기를 금방 잊고 오히려 "왜 그런 말을 했느냐"고 화를 내셨다.

그 변화는 아주 작게 시작되었지만, 가족 누구도 그게 병의 시작이라 생각하지 못했다. 아버지는 여전히 말수가 적고 원칙적인 분이었다. 그러나 그 무뚝뚝함은 이제 어머니에게 상처로 다가왔다. 상대의 변화를 이해하기보다, 두려움과 억울함이 먼저 앞섰다. 어머니는 "나는 혼자 버려질 것 같다"고 자주 말했다. 아버지는 그 말에 상처받았지만, 대응할 언어가 없었다.

그렇게 서로의 감정은 어긋나기 시작했다. 2017년부터 변화는 더욱 선명해졌다.

어머니는 현실과 기억의 경계를 잃어가기 시작했고, 감정은 점점 더 과열되었다. 아버지가 잠깐 외출해도 "어디 여자를 만나러 간 거냐"고 분노했고, 아버지는 억울함과 두려움 속에서 점점 지쳐갔다. 설득은 통하지 않았고, 대화는 늘 다툼으로 끝났다. 집 안에는 침묵과 긴장이 깔렸으며, 그 침묵은 오래된 벽의 금처럼 천천히 깊어져 갔다. 이 시기의 어머니는 마치 두 세계 사이에 살고 있었다. 낮에는 평범하게 밥을 짓고 텃밭을 돌보지만, 밤이 되면 감정이 현실을 압도하는 또 다른 세계 속으로 들어갔다. 그곳에서 가족의 말은 의미를 잃고, 오직 마음속 불안만이 진짜 사실이 되었다.

그래서 우리는 설득 대신 '맞장구와 안심'이라는 방식을 선택했다. 그것이 어머니를 가장 덜 흔들리게 하는 방법이었기 때문이다. 그러나 아버지에게 그 방식은 견디기 어려운 일이었다. 논리와 사실로 평생을 살아온 분에게 '감정의 세계'는 받아들일 수 없는 영역이었다. 아버지는 "네 엄마가 이상해졌다"고 말했고, 그 말은 어머니에게 배신처럼 들렸다. 그날 이후 두 사람의 감정선은 되돌리기 어려울 만큼 멀어졌다.

2018년 – 폭풍의 해, 일기장에 남은 감정의 파편들

2018년은 우리 가족에게 가장 잔인한 해였다. 어머니의 일기장은 하루하루가 조각난 감정으로 흩어진 기록이었다.

기억은 끊기고, 시간의 질서는 무너졌으며, 이성 대신 감정만이 선명하게 남아 있었다. 일기 속에서 '의심'은 빠지지 않는 단어였다.

"상혁 아버지가 여자를 만났다."

"둘째는 연락도 없다."

"나는 이제 아무도 믿지 않는다." 이 문장들은 현실의 기록이 아니라, 어머니의 불안이 만들어낸 또 다른 세계였다.

그 세계에서 아버지는 늘 의심의 대상이었고, 세상은 자신을 공격하는 음모로 가득했다. 아버지는 이미 한계에 다다라 있었다. 어머니의 폭언은 점점 더 날카로워졌고, 아버지는 한동안 우리 집으로 피신할 수밖에 없었다. 그러나 어머니의 일기 속에서는 아버지가 여전히 '배신자'로 살아 있었다. 현실보다 감정이 훨씬 강한 세계였기 때문이다. 하지만 그 일기들을 읽다 보면,그 모든 의심과 분노의 밑바닥에 한 가지 감정이 자리하고 있다는 것을 알게 된다.

두려움. 누군가에게 버려질지 모른다는 두려움.
또한,
사랑받고 싶은 갈망.
망상은 사실 사랑의 반대편에서 시작된 것이 아니었다.
사랑이 왜곡되고, 불안이 증폭된 결과였을 뿐이다.
이성은 잊혀도 감정은 마지막까지 남는다는 사실을
우리는 그해의 일기장을 통해 똑똑히 보았다.

그 무렵 아버지는 집에 들어가기 전 문 앞에서 늘 숨을 고르셨다.
"오늘은 괜찮을까…"
그 짧은 한숨 안에는 공포, 억울함, 슬픔이 동시에 들어 있었다.
그때 우리는 어머니의 병이 이미 되돌릴 수 없는 길로 접어들었다는 걸 아직은 인정하지 못했지만, 어머니의 일기만큼은 이미 모든 것을 말해주고 있었다. 어머니는 현실을 떠나, 감정의 세계에 완전히 머물기 시작하고 있었다.

가족사항

아버지 : 석종길
어머니 : 김성순
큰아들 : 석상혁 / 큰며느리
    (손녀) 석다희 / 석다영
둘째 아들 : 석지혁 / 둘째 며느리
    (손녀) 석다윤 / 석무진
셋째 아들 : 석웅철 / 셋째 며느리
    (손녀) 석주영 / (손자) 석진우
막내딸 : 석미정 / 박서방
    (외손녀) 박가은 / (외손자) 박민서

※ 독자들이 일기장에 나오는 사람들의 관계를 이해하기 쉽도록 가족에 한해 본명을 사용했습니다. 다른 분들은 [OO]으로 성명 대신 사용했습니다.

차례

어머니 일기장 원본

제1장

/

평범한 날들의 찬란함

2010년 7月29日
29일이니 모랑강 개미 약 사야겠다
오늘이 삼성 차 SM 5 오는 날
허리만 두룹다 신형이여서 모든
기능이 자동 권ㄱ가 없다
스윗치 하나로 시동이 걸린다
아침에 상혁이 아버지 출근
집에 오면서 노래 교쇤형님 듣게
전화 해야지 순간 따르릉
역시 형님이시다 오늘이 상혁 생일
이며 중복이다 음력 6月18日
양력 7月29日 상혁이 날ㄷ때는
양력 8月4日 중복 하루 전날이였다
아침 10시에 야탑 역에서
만나 어디로 가른 정하기로 했다
용문사 오이도 다 잦라 왔으니
소요산 잡시라 걱정이 되 서원한
전치 공짜 공짜 되지고기가
먹는데 있다는데 아네스
언니 한태 전화 하여

2010년 7월 29일

29일이니 모란장 개미 약 사야겠다.
오늘이 삼성차 SM5 오는 날.
하지만 두렵다. 신형이어서 모든
기능이 자동, 키가 없다.
스위치 하나로 시동이 걸린다.
아침에 상혁이 아버지 출근
집에 오면서 노래 교실 형님들께
전화해야지. 순간 따르릉
역시 형님이시다. 오늘이 상혁 생일
이며 중복이다. 음력 6월 18일,
양력 7월 29일 상혁이 날 때는
양력 8월 4일 중복 하루 전날이었다.
아침 10시에 야탑역에서
만나 어디로 가든 정하기로 했다.
용문사, 오이도 다 갔다 왔으니
소요산 갑시다. 결정이 돼 시원한,
전차 공짜. 공짜 돼지고기가
먹는데 있다는데… 아네스
언니한테 전화하여.

이 시기의 일기는 어머니의 인지 기능이 명료하고, 사고의 흐름이 온전히 유지되던 시기였다.

날짜, 장소, 인물, 계획이 구체적으로 등장하며 시간의 감각과 생활의 질서가 분명히 드러난다. 'SM5가 오는 날이지만 두렵다'는 표현에서는 새로운 것을 맞이하는 설렘보다 조심스러움이 앞서는 어머니 특유의 성격이 엿보인다.
그 두려움은 병적 불안이 아닌 일상적 경계심으로, 여전히 사물을 인지하고 감정을 정리할 수 있는 안정된 상태였다. 또한 '야탑역에서 만나기로 했다', '용문사, 오이도는 이미 다녀왔다' 등 구체적 지명과 일정은 사회적 관계와 공간 인식이 여전히 뚜렷했음을 보여준다.

가족의 생일, 외출 계획, 음식에 대한 언급들은 생활의 활력과 정서적 만족감을 잘 반영한다.

이 시기의 기록은 정상 노화 단계의 인지 기능을 유지하던 시기로, 치매 발현 이전의 건강한 인지 구조를 잘 보여준다.

날짜·장소·인물·계획 등이 구체적으로 기술되어 있다는 점은 시간 지남력, 공간 지남력, 사람 인식 등 세 가지 핵심 인지 축이 모두 온전했음을 의미한다.

'SM5가 오는 날이지만 두렵다'는 표현은 병리적 불안이 아닌, 정상적인 예기불안으로 해석된다. 이는 새로운 변화에 대한 현실적 조심스러움으로, 오히려 판단력과 자기통제 기능이 명확히 작동하고 있음을 보여준다.

또한 '야탑역에서 만나기로 했다', '용문사, 오이도는 이미 다녀왔다' 등의 표현은 에피소드 기억과 일상 계획 능력이 정상 범주 내에 있었음을 시사한다.

즉, 이 시기의 어머니는 삶의 질서를 인식하고, 사건을 시간 순서로 배열하며, 자신의 역할과 일과를 주도적으로 조율할 수 있는 상태였다

5 January
Tuesday

2010년 8月 17日
열라는 곱는 안열고 호박만
그게 매실 나무에로 연게 연결하여
크게 자리 잡고 있다 그저 흐못
하다 길가에 뽕나무 에도 호박
또한 연결이 박씨가 나와
크게 연록이 막이 열렸다 2번
동안은 심기 안았는 어디에 숨었다
다시 나왔다 이막 역시 진주
에 매달렸는 올해는 호박 들이
고의가 나무에 달려 있다
2010년 8月16日 논현성당 회이
압구정 한식 집、16,000 짜리기
였로다 · 10月 소람꼴 내가 내기로
하라다 상혁 아버지 취직 되어
회사 나가나 그러 애들이 주는
용도 믿고 정심 한끼는 살만카라
소고 산리푸거、우라끼 쌀면 엄마니
산까、진규 할머니가 꽁룡이 왔다

신경병증성 통증/부분발작의 부조제/섬유근육통 치료제 **리리카** 캡슐

2010년 8월 17일

열라는 감은 안 열고 호박만
2개. 매실 나무에는 언제 열렸는지
크게 자리 잡고 있다. 그저 흐뭇
하다. 길가의 뽕나무에도 호박
또한 얼룩이 박씨가 나와
크게 얼룩이 박이 열렸다. 2년
동안은 심지 않았는데 어디에 숨었다
다시 나왔다. 이 박 역시 전주(전신주)
에 매달렸는데 올해는 호박들이
거의 나무에 달려 있다.
2010년 8월 16일 논현성당 팀이
압구정 한식집 16,000원짜리가
별로다. 10월 소담골 내가 내기로
했다. 상혁 아버지 취직되어
회사 나가니, 그래 애들이 주는
용돈 만으로도 점심 한끼는 살만하다.
쓰고 살지 뭐. 우리가 살면 얼마나
살까 진규 할머니가 중풍이 왔다고.

일기장 해설

이 날의 일기에는 한여름의 자연과 일상의 풍요로움이 잔잔하게 흐른다.

어머니는 길가 열린 뽕나무 위의 호박 열매들을 관찰하며, 그 생명력에 마음이 머문 듯 세세하게 묘사하고 있다.
뜨거운 햇살 속에서도 자연을 바라보는 여유가 느껴진다. 뽕나무, 호박 열매 같은 단어들이 이어지며 계절의 색과 냄새, 공기의 온도까지 함께 전해진다.
자연을 통해 하루의 변화를 느끼고, 그 안에서 감사와 만족을 발견하는 모습이 인상적이다.

후반부에 등장하는 외출과 식사, 그리고 가족 이야기는 평범하지만 따뜻하다. 논현성당, 압구정의 한식집, 이 모든 것은 그녀에게 삶의 소소한 기쁨이자 휴식이었다.

"상혁 아버지 취직되어 회사 나가니, 애들이 주는 용돈만으로도 점심 한 끼는 살만하다."
이 짧은 문장에는 어머니의 안도감과 감사함이 묻어 있다. 가족이 제자리를 찾아가는 모습에 마음이 놓였고, 비록 소박한 하루라도 '살 만하다'는 만족과 여유가 느껴진다.

23 January
Saturday

2011년 2月19

제22 음력 1월 20 일이 내생일인데
토요일 19日 다 보였다 둘째만 못
외어 못오라 했다 거리도 멀고
선의반지도 몇일 안되네·
오늘 22일· 잔형장 ~~ 담겼다
실형 아버 46년 앙에 도와 줄래다
라운이 어미가 군했다 우리 보청기
사장님께도 내가 전화 했다
손님을 첫째 우래 하라던 9시30분에
인력근됐이· 생각 해보니 진소리다
출근 길에 어미 에께 이런 소리
기봇 안좋은 소리라 후회가 된다
주님 내가 오늘 둘째 에께
잔소리 했나보아 주님 이사비나 의
잔소리가 둘째에께 약이 되찟고
손님 좀 주시· 가슴을 치미 후리
하며 기도 했나 · 둘째 10만원
우겼이 왔나·러욱 짤찟다 내가 왜
우리 큰며느리 라희 어미가 혼을 순다
라터 왔나 모랍다 미형이가

2月22 음력 1월 20일 내 생일인데
토요일 19일 다 모였다. 둘째만 부산
있으니 못 오라 했다 거리도 멀고
설 지난지도 몇 일 안 되니
오늘 22일 김장 담갔다.
상혁 아버지 46년만에 도와주었다.
다운이 어미가 전화했다. 우리 보청기
사장님께도 내가 전화했다.
손님을 첫째 우대 하라고 9시30分에
일러준 것이 생각해보니 잔소리다.
출근 길에 어미에게 이런 소리
기분 안 좋은 소리다. 후회가 된다.
주님 내가 오늘 둘째 에게
잔소리 했었어요. 주님 이 사비나의
잔소리가 둘째에게 약이 되게끔
손님 좀 주세요. 가슴을 치며 후회
하며 기도했다. 둘째 10만원
우편이 왔다. 더욱 찔린다. 내가 왜
우리 큰며느리 다희 어미가 솔을 손수
떠 왔다. 고맙다. 미정이가

일기장 해설

이 날의 일기에는 가족에 대한 사랑과 스스로를 돌아보는 따뜻한 마음이 담겨 있다.

자신의 생일을 맞아 가족들이 모였고, 멀리 부산에 사는 둘째만 오지 못한 아쉬움 속에서도 그리움보다 이해와 배려의 마음이 느껴진다.
김장을 함께 담그며 가족이 모여 있는 풍경이 떠오르고, "상혁 아버지 46년 만에 도와주었다"는 문장에는 오랜 세월 함께한 부부의 정과 동반자 의식이 묻어난다. 서로에게 말은 적어도, 마음으로 통하는 온기가 느껴진다.
그런 가운데 '손님을 첫째 우대하라'는 잔소리를 떠올리며 "기분 안 좋은 소리다, 후회가 된다"고 적은 부분에서는 자신의 말과 행동을 돌아보는 진심 어린 성찰이 드러난다.
스스로의 언행을 주님께 고백하고, "그 잔소리가 약이 되게 해달라"고 기도하는 모습은 삶을 늘 겸허히 마주했던 어머니의 인격을 보여준다.

이날 둘째가 보낸 10만 원이 오히려 마음을 더 찔리게 했다는 구절은 자식에 대한 사랑과 미안함이 교차하는 장면이다. 그럼에도 일기의 끝을 장식한 "큰며느리 다희 어미가 숄을 손수 떠 왔다. 고맙다." 이 한 줄에는 가족의 따뜻한 손길에 대한 진심 어린 감사와 행복감이 담겨 있다.

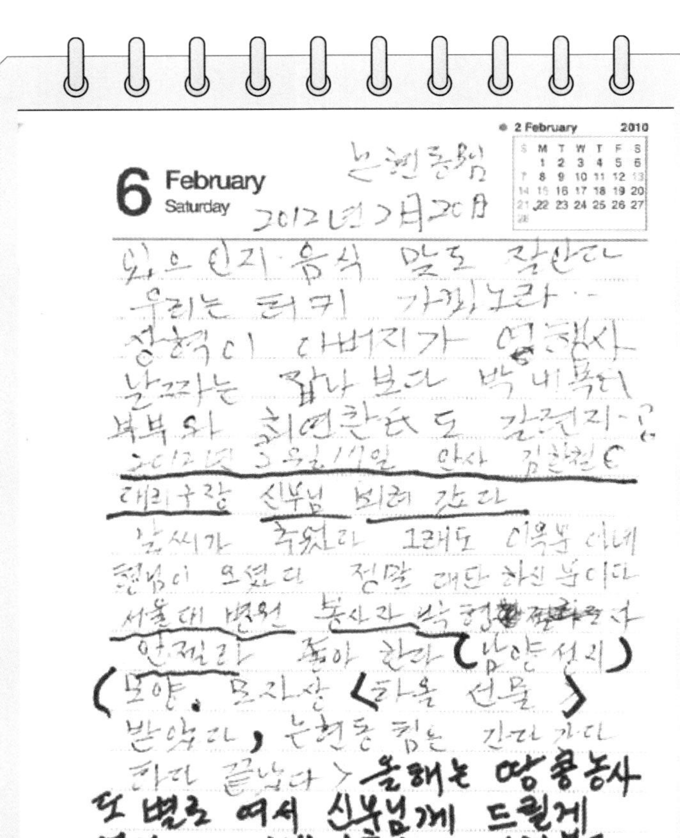

6 February Saturday

2 February 2010

논현동 성당

2012년 2월 20일

왜 그런지 음식 맛도 잘 안다
우리는 터키 가까노라...
성혁이 다 버리가 엉뚱했서
날짜는 잘나 보다 박 내 복이
복복와 최연한트 도 갈전지~?
2012년 3월 11일 만나 김현철
대리구장 신부님 뵈러 간다
날씨가 죽었다 그래도 이웃분 다네
형님이 오셨다 정말 대단 하신 분이다
서울대 변원 봉사라 부 형 적극으로
안 젼라 좋아 한다 (박안 선리)
(모양. 모자 간 < 하울 선물 >
받았다, 논현동 성당는 간다 가다
하다 끝났다 > 올해는 양통농사
또 별로 여서 신부님께 드릴게
없었다 이비 인국와 여러분도
대건회 들었면 좋겠다
많은 분들이 대건회 들어서 ·
친목도 되고 좋은 일도 했으면
좋겠다

논현동 모임 (2011년 2월 20일)

(앞장에 이어서)
있으신 지 음식 맛도 잘 안다.
우리는 터키 가겠 노라
상혁이 아버지가 여행사
날짜는 잡나 보다. 박OO氏
부부와 최OO氏도 갈 런지?

2011년 2월 17 안산 김OO

대리구장 신부님 뵈러 갔다.
날씨가 추웠다. 그래도 이OO 아녜
형님이 오셨다. 정말 대단하신 분이다.
서울대 병원 봉사자 박OO
안젤라 좋아한다. (남양성지) (모양, 모자상, 타월 선물)
받았다. 논현동 팀은 간다 간다
하다 끝났다. 올해는 땅콩 농사
도 별로 여서 신부님께 드릴 게
없었다. 이비인후과 여러분도
대건회 들었으면 좋겠다.
많은 분들이 대건회 들어서
친목도 되고 좋은 일도 했으면 좋겠다.

일기장 해설

이 시기의 일기는 일상과 사회적 관계 속에서 활발히 움직이던 어머니의 모습을 보여준다. 날짜, 인물, 장소가 구체적으로 기록되어 있고, 종교적 행사와 봉사활동에 꾸준히 참여하던 흔적이 보인다.
'신부님께 드릴 게 없었다'라는 구절에는 아쉬움과 함께 감사의 마음이 묻어난다. 여전히 다른 사람들을 챙기고, 공동체의 일원으로 존재하고자 하는 의지가 강하다.

가족, 친구, 교회 사람들 이름이 자주 등장하며, 사회적 유대가 활발했던 시기임을 알 수 있다. "좋은 일도 했으면 좋겠다"는 문장은 타인을 향한 선의와 삶의 긍정성을 드러낸다.

글의 흐름은 다소 불규칙하지만 사고의 구조와 감정의 일관성은 유지된다. 이 시기에는 인지적 혼란보다 '정서적 따뜻함'과 '공동체적 소속감'이 중심이었다.

어머니에게 일기는 여전히 사회와 연결되는 통로, 기억의 매개체로 기능했다. 이 시점은 치매의 전조 이전, 삶의 리듬과 감정이 가장 자연스럽게 흐르던 시기로 볼 수 있다.

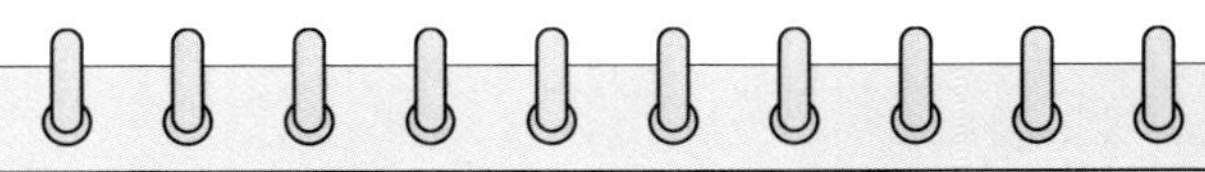

김성순 70순이라
남매가 500만원
2012년 3月22日

3月22日 비행기 1박(전화
가이드 ㅅ김기영)+90544−
(295、4579) 피켓명
온라인 투어+디디투어 터키일주
9일) 선택 관광
갑바도키아 열기구、안탈랴통통
배 40−유로
(1일) 인천공항 이스탄불
ㅅ 그랜드 바자르 이스탄불의
상징 성소피아 사원 내부
2일> 호텔 조식후. 시내 관광
돌마바 궁전 (호제)
ㅇ요일> 앙카라로 이동
작년에는 상혁 아버지 1순
어느듯 내가 1순이라
9박10일 터키로 간다
믿지지 안지만 널을 보니 70쇠
이다 어찌까. (가이드)들 "
38세 부산 남성 여고 후배다

김성순 7순이라
사 남매가 500만 원

2012년 3월 22일

3월 22일 비행기 1박
가이드 김OO (전화) 〈90544-***-4579 피켓명
온라인투어 + 디디투어 터키 일주
9일〉 선택 관광
갑바도키아, 열기구, 안탈라 통통배
40유로

1일 인천공항 이스탄불
1일. 그랜드 바자르 이스탄불의
상징 성소피아 사원 내부
2일. 다음 호텔 조식 후, 시내 관광
돌마버 궁전(흐제),
금요일, 앙카라로 이동
작년에는 상혁 아버지 7순
이번에는 내가 7순이라
9박 10일 터키로 간다.
믿기지 않지만 얼굴을 보니 70노인
이다. 어쩔까. 〈가이드〉 뚱뚱
38세 부산 남성 여고 후배다.

일기장 해설

이 일기는 어머니의 70세 생일을 기념해 사 남매가 준비한 터키 여행의 설렘을 기록한 것이다. 세부 일정, 장소, 가이드 이름까지 꼼꼼히 적으며 한 글자 한 글자에 들뜬 마음이 묻어난다.

'작년에는 상혁 아버지 7순, 이번에는 내가 7순이라'라는 문장은 세월의 흐름을 받아들이는 담담한 자부심을 보여준다.
'믿기지 않지만 얼굴을 보니 70노인이다'라는 대목에서는 나이에 대한 놀라움과 웃음 섞인 체념이 느껴진다.

여행 준비 과정에서의 기대, 가족의 배려에 대한 감사, 인생의 축제 같은 설렘이 교차한다. 글씨체는 또렷하고 사고의 흐름도 명확해, 기억과 감정이 안정된 시기였음을 보여준다.

이 시점의 어머니에게 여행은 단순한 외출이 아니라 '삶이 아직 아름답다'는 선언과도 같았다. 특히 "뚱뚱한 가이드, 부산 남성여고 후배"라는 표현은 유쾌하고 인간적인 따뜻함을 전한다.
일기 전반에는 삶을 즐기려는 여유와 긍정의 에너지가 넘쳐난다. 치매의 그림자가 드리워지기 전, 가장 활기차고 생동감 넘치던 시간의 기록이다.

7순

터키 여행

우리나라와 시차 7시간
하루종일 해 따라 비행기 타ㄴ
아침 10시 비행기 오후 3시도착
시내 반 란 하ㄴ 호텔
6.25 터키 군의 묘지
죽은 사람 여자는 흰 보자기ㄹ 3번
감고 땅 묻는다 공동묘 식구끼리
묶어 꿀이 제 새 까랏다
괴레머 굴까기 위치 허사르
까시버 계곡, 레란 구유 회하도
4읜7 가까도 비아 곤하, 경유
주식이 빵이라 넓은 들
어마 어마 넓은 들, 밀,
술탄의, B옥탑 옥들
전신에 꽃 모양 오ㅈ반 복도
서양식 동양
카리스 추방 당하기 전
깎은 벽 전신 옥돌 술탄 궁ㄴ
안탈랴

7순 터키 여행

우리나라와 시차 7시간
하루 종일 해 따라 비행기 타고
아침 10시 비행기, 오후 3시 도착
시내 관광하고 호텔.
6·25 터키 군의 묘지,
죽은 사람, 여자는 흰 보자기로 3번 감고
땅에 묻는다. 공동묘지 식구끼리
옆에(묻고) 풀이 죄(다) 새 파랗다.
괴레미 골짜기 위 히사르
파시비 계곡, 테란구유 지하도
4일째, 갑바도키아 콘야 경유
주식이 빵이라 넓은 들,
어마어마 넓은 들, 밀,
술탄의 목욕탕 옥돌
전신에(전부) 꽃 모양 오스만 복도,
서양식 동양
카리스 추방당하기 전
깎은 벽 전신(전부) 옥돌 술탄 궁전
안탈랴

일기장 해설

이 일기는 터키 여행 동안 어머니가 경험한 장면들을 매우 생생하게 담고 있다. 비행 일정부터 6 · 25 참전 터키군 묘지 방문, 그리고 갑바도키아 · 안탈리아로 이어지는 여정이 구체적으로 기록되어 있다.

"흰 보자기로 3번 감고 묻는다"는 문장은 현지 장례문화에 대한 경외심과 진지한 관찰 태도를 보여준다.
또한 "꽃 모양 옥돌", "서양식 동양" 같은 표현은 낯선 풍경을 감각적으로 받아들이는 어머니 특유의 순수한 시선이 드러난다.

시간과 장소, 사람과 사물이 정교하게 기록된 이 여행기는 단순한 관광객의 기록이 아니라, 다른 문화 속에서 삶과 죽음을 성찰하는 따뜻한 관찰자의 글이다.
익숙한 일상에서 벗어난 순간에도 어머니는 여전히 세상을 깊이 바라보고 있었다.

5일 파묵칼레 온천지역
히에라 블리스 물이 정말
매 끄럽고 좋다
수단 애가 없고 정식
장가를 안 갔고 동생
수단 죽은 동생. 밭다
숫탄이 숲을 좋다 한다 책읽기
좋다 하는데 엄마 가 숲을
좋먹게 한다 숫탄은 책속에
숲을 감축어 두고 먹는다
보스포르크 보스 아시아랑
스의 끝— 유럽 r랑.
터키는 의 주식이 빵
호까 제국、 터키후양지
앙카라 6시간 남쪽 로마
매우 춥고 눈이 많이 내렸다
화창한 날씨 (터키)
(캐밥) 밀가루 빵 쿠션처럼
구워서 안해 멀이 슈퍼 적어

히에라 몰리스, 물이 정말
매끄럽고 좋다.
술탄 얘가(술탄의 자식이 없다) 없다. 정식
장가를 안 갔다. 동생
술탄 죽고 동생 받아
술탄이 술을 좋아한다. 책 읽기
좋아하는데 엄마가 술을
못 먹어(못 먹게) 할 때 술탄은 책 속에
술을 감추어 두고 먹는다.
보스포르크 보스 아시아 땅
소의 끝, 유럽 땅,
터키는 의주식이 빵
로마 제국, 터키 휴양지
앙카라 6시간 남쪽 로마
매우 춥고 눈이 많이 내렸다.
화창한 날씨 터키
캐밥 밀가루 빵 풍선처럼
구워서 야채 말이 슈퍼(스프) 찍어

일기장 해설

이 일기는 터키 여행 5일째, 파묵칼레 온천에서의 경험을 담고 있다. 온천수의 부드러움과 경관에 대한 감탄이 생생히 느껴지고, "술탄의 자식이 없다"는 표현에서는 역사적 사실을 기억하며 문화를 흥미롭게 받아들이는 태도가 드러난다.

여행 중 문득 떠올린 동생 이야기는 가족의 추억과 감정이 스며드는 인간적인 여운을 남긴다.
"책 속에 술을 감추어 두고 먹는다"는 유머 섞인 문장은 따뜻한 회상과 그리움을 동시에 전한다.
터키의 음식, 건축, 날씨까지 세밀히 기록하며 낯선 세계를 배우는 기쁨이 느껴지고, "유럽의 끝, 로마 제국, 눈이 내렸다" 같은 표현에서는 여행지의 경이로움이 그대로 드러난다.

이 시기의 글에는 피로보다 호기심과 생의 에너지가 가득했다. 기억과 감각이 또렷이 공존하던 황혼의 여행은 그 자체로 한 편의 인생일기였다.

18 February Thursday

밀로 막장

2012년 11월 24일 기장
마당에 50포기 중 40포기가
크다 올해의 배추 값은
1포기 4000 - 3000 지금이
북어도 제일 적은 어른 손크기
1000원 좀 크다 싶으면 1500원
2000 - 2500원 그래도 우리는 마당
덕 보았다 꼬추도 갈아서 약5K
10근 받은것이다
청도. 깐 말랭이 분전 찾기
힘들다 아직. 초기니 실패다
성남에서 청도로 이사 가
아들 장가 들여·· 고생이
많다 마음도 바쁘다 ~

밀로 막장 담거면 멎있다
하여· 농사 지은 4년전것
밀 갈아서 반죽 하여·
(매주) 메주 가루를 섞으면
된다고 ~ 방호 따뜻하게)

밀로 막장
2012년 11월 24일 김장

마당에 50포기 중 40포기가
크다. 올해의 배추 값은
1포기 4,000~3,000원 지금이
무도 제일 작은 어른 손 크기
1,000원, 좀 크다 싶으면 1,500원, 2,000~2,500원
그래도 우리는 마당덕 보았다.
고추도 갈아서 약 5k
10근 빻을 것이다.
청도, 감 말랭이 본전 찾기
힘들다. 아직 초기니 실패다.
성남에서 청도로 이사가
아들 장가들여, 고생이
많다. 마음도 바쁘다.

밀로 막장 담그면 맛있다.
하여, 농사 지은 4년 전
밀 갈아서 반죽하여
메주 가루를 섞으면
된다고, 발효 따뜻하게

일기장 해설

이 일기는 늦가을 김장철의 풍경과 함께, 어머니 특유의 생활 감각이 살아 있는 기록이다.

배추와 무 가격을 꼼꼼히 적으며 시대의 물가감각을 담고, 직접 농사로 얻은 수확물에 대한 자부심이 묻어난다.

"감 말랭이 본전 찾기 힘들다"는 문장은 친척 동생의 수고를 안쓰럽게 여기는 가족애의 표현이기도 하다.

친척 동생 아들의 결혼과 이사, 그리고 변해가는 일상 속에서 느낀 '마음의 바쁨'이 짙게 드러난다.

"밀로 막장 담그면 맛있다"는 말로 마무리되는 이 일기는, 현실의 피곤함 속에서도 여전히 삶의 맛과 온기를 잃지 않으려는 어머니의 철학이 담겨 있다.

전체적으로 노년의 성실함, 가족에 대한 따뜻한 시선, 그리고 세월을 받아들이는 단단한 생활의 지혜가 느껴지는 대목이다.

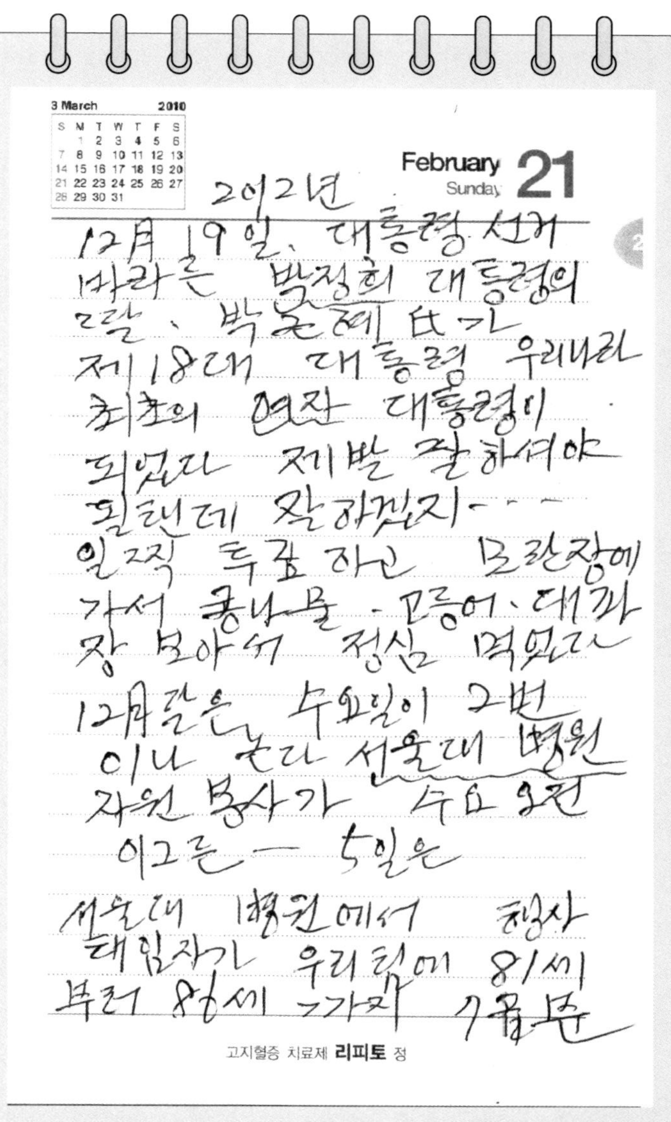

2012년
12月 19일. 대통령 선거
바라든 박정희 대통령의
딸. 박근혜 氏가
제18대 대통령 우리나라
최초의 여자 대통령이
되었다 제발 잘하여야
될텐데 잘하겠지---
일찍 특표 하고 모란장에
가서 콩나물. 고등어. 대파
장 보아서 점심 먹었다
12月같은 수요일이 2번
이나 온다 서울대 병원
자원 봉사가 수요 오전
이고른 - 5일은
서울대 병원에서 행사
태임자가 우리팀에 81세
부터 89세 그가지 7봄분

바라던 박정희 대통령의
딸 박근혜氏가
제18대 대통령 우리나라
최초의 여성 대통령이
되었다. 제발 잘하셔야
할 텐데, 잘 하겠지...
일찍 투표하고, 모란장에
가서 콩나물, 고등어, 대파
장 보아서 점심 먹었다.
12월달은 수요일이 2번
이나 논다. 서울대 병원
자원봉사가 수요 오전
이거든. 5일은
서울대 병원에서 행사
퇴임자가 우리팀에 81세
부터 86세까지 7곱 분

일기장 해설

이 일기는 2012년 12월 19일 대통령 선거를 기록한 페이지다. "우리 나라 최초의 여성 대통령" 당선 소식을 담담히 적고, "제발 잘하셔야" 라며 기대와 걱정을 함께 표한다.
아침 일찍 투표를 마치고 모란장에서 장을 본 일상이 이어져, 시민으로 서의 참여와 생활감이 자연스럽게 맞물린다. 콩나물 · 고등어 · 대파를 사와 점심을 지어먹는 묘사는 소박한 행복과 자립의 기쁨을 전한다.

수요일 자원봉사 일정까지 정확히 기록해, 시간 감각과 책임 의식이 또 렷한 시기였음을 보여준다.
서울대병원 자원봉사와 연말 행사 소식은 공동체와의 끈을 꾸준히 이 어온 삶의 태도를 드러낸다.
"퇴임자 81세부터 86세까지"라는 메모에는 동료들어 대한 존중과 세 대적 연대감이 배어 있다.

정치적 사건을 한 줄로, 일상과 봉사를 여러 줄로 적은 점이 어머니의 관심사가 어디에 있었는지 말해 준다. 국가적 뉴스 속에서도 자신과 주 변 사람들의 삶을 중심에 두는 시선이 따뜻하다.
전체적으로 참여 · 돌봄 · 절제된 희망이 한 페이지 안에 균형 있게 자 리한 기록이다.

3 March 2010
S M T W T F S
1 2 3 4 5 6
7 8 9 10 11 12 13
14 15 16 17 18 19 20
21 22 23 24 25 26 27
28 29 30 31
February 23
Tuesday
1월

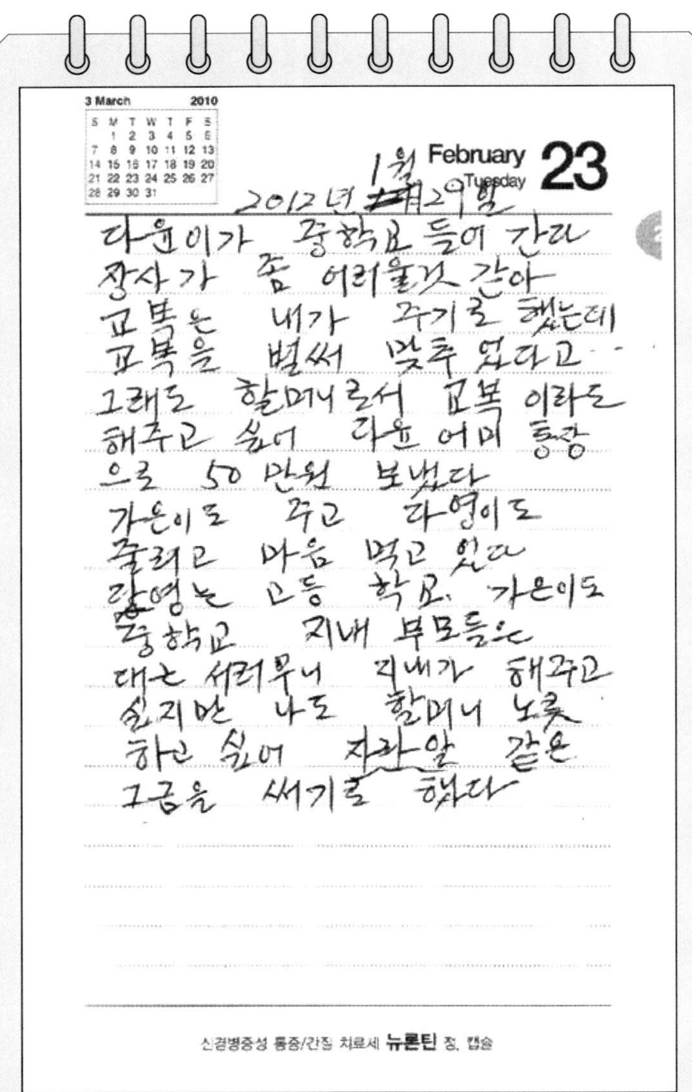
2012년 1월 29일
다윤이가 중학교 들어 간다
장사가 좀 어려울것 같아
교복은 내가 주기로 햇는데
교복을 벌써 맞춰 왔다고
그래도 할머니로서 교복 이라도
해주고 싶어 다윤 어미 통장
으로 50 만원 보낸다
가은이도 주고 다영이도
줄려고 마음 먹고 있다
다영는 고등 학교 가은이도
중학교 지내 부모들은
대는 서러우나 지내가 해주고
싶지만 나도 할머니 노릇
하고 싶어 차라알 갈은
그금을 쎄기로 했다

2012년 1월 29일

다윤이가 중학교에 들어간다.
장사가 좀 어려울 것 같아,
교복은 내가 주기로 했는데
교복을 벌써 맞추었다고…
그래도 할머니로서 교복이라도
해주고 싶어 다윤 어미 통장
으로 50만 원 보냈다.
가은이도 주고, 다영이도
줄려고 마음먹고 있다.
다영이는 고등학교 가은이도
중학교에 지내 부모들은
대견스러우니 지네가 해주고
싶지만, 나도 할머니 노릇
하고 싶어 자라 알 같은
거금을 쓰기로 했다.

일기장 해설

이 일기는 손녀 다윤이의 중학교 입학을 맞아 쓴, 따뜻한 가족의 기록이다.

"교복을 벌써 맞추었다"는 말에 약간의 서운함이 담겨 있지만, 동시에 손녀를 걱정하고 돕고 싶은 마음이 깊다. 경제적으로 여유롭지 않은 상황에서도 50만 원을 보내며 '할머니로서의 역할'을 다하려는 책임감이 드러난다. 다른 손주들인 가은이, 다영이까지 챙기려는 구절에서 가족 전체를 향한 넓은 사랑이 느껴진다.

'지내 부모들은 대견스러우니'라는 표현에는 자식 세대의 노고를 이해하고 존중하는 마음이 담겨 있다.

"나도 할머니 노릇 하고 싶어"라는 문장은 자신의 존재 가치를 다시 확인하려는 다정한 자존감의 표현이다.

'자라 알 같은 거금'이라는 표현에서는 절약 속에서도 가족을 위해 기꺼이 쓰는 어머니의 결단이 보인다.

전반적으로 이 글은 세대 간의 돌봄과 사랑이 자연스럽게 이어지는 따뜻한 장면이다. 경제적 어려움 속에서도 주는 기쁨, 나누는 사랑이 중심 감정으로 자리한다.

이 시점의 어머니는 여전히 가족의 중심에서 '마음으로 돌보는 사람'으로 존재했다.

2013년 2月8日

우리 사랑하는 다영이가
중학교 졸업 죽전 중학교 죽전성당
날씨가 매우 춥다. 다회 아비는
오늘도 교육하고 4時에 강능
강의 간다고 겁히 와서
정심 조금 떠고 간다 한다
식구들도 다회도 조태 해서
와서 다영이 졸업 축하 했다
지내 할아버지가 좋은 카메라로
촬영 했다 그아 말로 나는
노 할머니다 어쩌 나이를
속일수없다 내나이 기세 인데
벌어 지지가 안는다.
   내일이 그눔이라 부산에
다윤이네도 오는데 격정이다
춥지 먼길 — 인데 … 다윤,다영
가운이 에게도 교복값 50만원
다영이는 확실이 사춘기

사진 많이 찍깠노라

우리 사랑하는 다영이가
중학교를 졸업, 죽전 중학교 죽전성당 옆
날씨가 매우 춥다. 다희 아비는
오늘도 교육하고 4시에 강릉
강의 간다고 급히 와서
점심 조금 뜨고 간다 한다.
식구들도 다희도 조퇴해서
와서 다영이 졸업 축하했다.
지내 할아버지는 좋은 카메라로
촬영했다. 그야 말로 나는
노 할머니다. 어찌 나이를
속일수야 내 나이 71세인데
믿어지지가 않는다.
내일이 그믐이라 부산에
다윤이 네도 오는데 걱정이다.
춥지 먼 길인데, 다윤, 다영
가은이 에게도 교복 값 50만원
다영이는 확실히 사춘기
사진 많이 찍겠 노라…

일기장 해설

이 일기는 2013년 2월 8일, 손녀 다영이의 중학교 졸업식을 담고 있다. 죽전성당 옆 죽전중학교에서 열린 졸업식에는 매서운 바람 속에서도 가족 모두가 모여 축하의 마음을 전했다.

강릉 일정 중에 잠시 들른 다영이 아버지, 새 카메라로 순간을 담는 할아버지, 그리고 그 모습을 바라보며 "이제 나이 71세인데 믿어지지 않는다"고 적은 할머니의 마음이 조용히 스며 있다.
손주의 졸업을 기쁨으로 받아들이면서도 세월의 빠름을 실감하는 '시간의 울림'이 동시에 담겨 있다. "다영이는 확실히 사춘기"라는 문장에서는 손주의 성장에 대한 애정과 세대 간의 미묘한 거리감이 함께 묻어난다.

또한 "다윤이네 가족이 부산에서 올라온다"는 대목에서는 명절을 앞두고 온 가족이 모일 생각에 설레는 마음, 그리고 추운 날씨 속에서도 자식들을 걱정하는 따뜻한 정이 드러난다.

결국 이 기록은 단순한 졸업식의 풍경을 넘어, 세대를 잇는 사랑과 변함없는 어머니의 역할–"가족을 묶는 마음의 중심"–이 여전히 그 자리에 존재함을 보여준다.

약력

2013년 2月 28日 서울대 병원
입원 암수술은 3月 6日 1시30분
이라는데 오후 5시 35분에 수술이
끝났다 나는 조바심이 났다
끝나고 나오는데 상혁아버지
눈에는 눈물이 흘러 내렸다
나도 눈물이 났다 아까서
고통이 심한것 같다 나는
미사를 드리고 성사를 봤다
내가 너무 욕심이 많았다
울며 가슴을 쳤다
예수님의 수난기라 안되어도
수난을 겪는것 같다 제발
제발이 없어야지 ·주님 살려
주세요. 2013년 4월 4일
항암 치료에 대해 의논
하려 오는데 의사 선생들이
불이들어 젖으니 오늘 부터
항암 치료 시작 이라고
첫날은 주사 2시간 30분

2013년 2월 28일, 서울대 병원

입원 암 수술은 3월 6일 1시 30분
이라는데 오후 5시 35분에 수술이
끝났다. 나는 조바심이 났다.
끝나고 나오는데 상혁이 아버지
눈에는 눈물이 흘러내렸다.
나도 눈물이 났다. 아파서
고통이 심한 것 같다. 나는
미사를 드리고 성사를 봤다.
내가 너무 욕심이 많았다.
울며 가슴을 쳤다.
예수님의 수난기라 안토니오(아버지 세례명)도
수난을 겪는 것 같다. 제발
재발이 없어야지. 주님 살려
주세요.

2013년 4월 4일

항암 치료에 대해 의논
하러 왔는데, 의사 발등에
불이 떨어 졌으니 오늘부터
항암 치료 시작이라고
첫 날은 주사 2시간 30분

일기장 해설

2013년 2월 28일, 아버지는 3월 6일 서울대병원에서 암 수술을 받았다. 예정된 시간보다 훨씬 늦게 끝난 수술은 오후 5시 35분에야 마무리되었다.

그 당시는 마음이 너무 떨리고 힘들어 일기를 쓰시지 못한 것 같다. 시간이 좀 흘러 20여일이 지난 후에 이 글을 쓰신 것으로 보인다.

그 당시 아버지의 수술 시간 동안 기다림 속에서 어머니는 초조함과 불안으로 마음을 졸였고, 수술실 문이 열릴 때 아버지의 눈에는 눈물이 맺혀 있었다 한다.

그 모습을 본 어머니 역시 함께 울며, 고통받는 남편을 위해 기도했다. "내가 너무 욕심이 많았다"며 자신을 탓하며 눈물로 가슴을 쳤다.

그날의 절망과 신앙이 교차하며, 예수님의 수난을 겹쳐 떠올렸다. "안토니오도 수난을 겪는 것 같다"는 문장은 아버지의 고통을 신앙으로 해석한 절절한 마음을 보여준다.

"4월 4일에는 항암치료를 시작했고, 첫날은 2시간 반 동안 주사를 맞았다."

이 일기는 사랑하는 아버지의 생명을 붙잡고자 하는 간절한 믿음과 두려움이 깊게 배어 있는 기록이다.

2013년 4월 12일
기워 주고 조금 살것 긑나보다
아침에는 눈을 2러터니 몇시민
5시 넘었으요 아 오늘도 살았구나.

-죽는줄 알았으요- 응 아니
항암 치료 받다가 죽었다는 소리는
못들었으요 걱정 말아요--
밤만 되면 불안 한가보 -·
문도 열어 놓고 자자 ㄹ-·
나- 가끔 와-또
이제 같은 방자 - 열에자.

자러만 죽지 싫은 가보L·
안 죽어요 걱정 말아요·-

개워 주고(토 하고) 조금 살 것 같나 보다.
아침에는 눈을 뜨더니 몇 시고
5시 넘었어요. 아 오늘도 살았구나
죽는 줄 알았어요, 응, 아니
항암치료 받다가 죽었다는 소리는
못 들었으니 걱정 말아요.

밤만 되면 불안한가 봐.
문도 열어 놓고 자자고
나 가끔 와 봐…
이제 같은 방 자…옆에 자…
자꾸만 죽지 싶은가 봐
안 죽어요, 걱정 말아요.

일기장 해설

이날 일기를 보면, 항암치료 중이던 아버지의 고통이 얼마나 심했는지 그대로 느껴진다. 밤마다 불안해서 잠을 이루지 못하고, 숨이 막혀 "오늘도 살았구나" 하고 중얼거렸다는 말이 마음을 아프게 한다.
그런데도 끝까지 "안 죽어요, 걱정 말아요"라며 아버지를 안심시키려는 모습이 참 대단하다. 몸은 이미 지쳐 있었지만, 마음만은 가족을 위해 버티고 있었던 거다.

그 곁을 바라보는 어머니의 심정은 얼마나 애가 탔을까. 아버지가 힘들어할 때마다 기도하고, 또 기도하며 눈물로 이 글을 썼겠지… 죽음이 바로 옆에 서 있는 상황에서도 희망을 놓지 않으려는 그 마음이 보인다.

그 한 줄 한 줄이 마치 사랑의 기록처럼 느껴진다.
절망 속에서도 서로를 위해 버티는 부부의 모습, 그게 이 일기의 가장 큰 울림이다.

2013년 5월 4일
서울에 국보 1호
(숭례문) 5년 3개월 누가
불을 질러 국민의 성의
70억. 많은 분들이 재료
제공 고마운 분들도 많다
2013년 5월 4일 2시
박근혜 대통령 께서
기념식 5천년의 역사
웅장한 국보 1호가 다시
국민 앞에 우뚝 섰다

올해의 봄의 비가 자주 와서
채소가 잘 자라노고 일기 변동도
심했다 3일간
오전은 맑고 오후는 비
2013년 5월 5일 어린이날
일요인데 우리 인서는 다 컸다
우리집에 병아리 보러 오겠다요
뭐 해 줄까?
그래 고기 국위 밥이나
꾸어 아직
장 병아리가 외 죽었는?

2013년 5월 1일

서울에 국보 1호 (숭례문)
5년 3개월 전 누가 불을 질러 국민의 성의 70억.
많은 분들이 재료 제공 고마운 분들도 많다.

2013년 5월 4일 2시

박근혜 대통령께서
기념식에서 5천년의 역사
웅장한 국보 1호가 다시
국민 앞에 우뚝 섰다.
올해의 봄이 비가 자주 와서
채소가 잘 자랐고 일기 변동도
심했다. 3일간
오전은 맑고 오후는 비

2013년 5월 5일 어린이날

일요일인데 우리 민서는 다 컸다.
우리집에 병아리 보러 오겠다고
뭐해 줄까?
그래 고기 구워 오늘 밥이나
주어야지.
장 병아리(큰 병아리)가 왜 죽었지?

일기장 해설

2013년 봄의 일기에는 세월과 함께한 어머니의 평온한 일상이 담겨 있다.

숭례문이 불에 탄 지 5년 3개월 만에 복원되었다는 소식을 접한 어머니는 "70억의 성의", "재료를 제공한 고마운 분들"이라 적으며, 나라의 상징이 다시 선 데 대한 감사와 감격을 표현했다. 대통령의 복원 기념 연설도 기록해 두었는데, 어머니에게는 이것이 단순한 국가 행사가 아니라 '무너졌던 것이 다시 세워지는 회복의 상징'처럼 느껴졌던 것이다.

봄철 날씨 이야기도 이어지며, "비가 자주 와 채소가 잘 자랐다"는 소박한 문장 속에는 일상을 이어가는 안도감이 담겨 있다. 변덕스러운 계절 속에서도 삶을 놓지 않는 마음이 배어난다.

그리고 5월 5일 어린이날.
"우리 민서는 다 컸다. 병아리 보러 온단다."
외손자 방문 소식에 들뜬 기쁨, 병아리가 죽은 이유를 묻는 아쉬움까지, 짧은 기록 속에 따뜻한 정과 생명의 덧없음을 바라보는 깊은 시선이 담겨 있다.

그 모든 장면은 숭례문이 다시 서듯, 어머니 역시 인생 속에서 작은 기쁨과 회복의 의미를 찾아 적어 내려가고 있음을 보여준다.

추석

2013년 9월19일 추석
우리 집、18日날 무산에서
상혁、웅철、미철 이네 차을
린서 왔다 큰 할아버지께서
뇌 수술을 2번이나 받아도
자꾸만 출혈이 생긴다는...
걱정 스럽다 우리의 석 종길
안토니아도 이번이 마지막
항암 치료 인데、9月14밤
부터 인데 아직 까지 뼈별
잦만 주무신다 걱정이 된다
좋 나빠다고 잡만섭
가져그니 입술이 잦 ㅇ일간
은 자꾸 누워서 안 일어난다
난、속이 탄다 추석 날
상혁이 온 식구가 다 같이
영화 보자고 예 매
했다 상혁 아버지는
어지럽고 눈이 감겨서
잠이 없는 거치 퇴장

우리 집, 18일 날 부산에서
상혁, 웅철, 미정이네 가은
민서 왔다. 친할아버지께서
뇌수술을 2번이나 받아도
자꾸만 출혈이 생긴다고…
걱정스럽다. 우리의 석종길
안토니오도 이번이 마지막
항암 치료인데, 9월 14일
부터 인 데, 아직까지 빌빌
잠만 주무신다. 걱정이 된다.
좀 나았다고 자만심
가졌더니 엄살인지 6일간
을 자꾸 누워서 안 일어난다.
난, 속이 탄다. 추석날
상혁이 온 식구가 다 같이
영화 보자고 예매
했다. 상혁 아버지는
어지럽고 눈이 감겨서
힘이 없는 거지. 뒷장

일기장 해설

이 일기의 문장은 담담하지만, 그 안에는 걱정과 사랑이 섞인 깊은 감정의 물결이 흐른다.

2013년 추석, 가족이 모여 들뜬 분위기이다. 사돈 어른(미정의 시부)이 두 번의 뇌수술 끝에도 여전히 출혈이 있다고 하니, 어머니는 걱정이 크다. 그럼에도 불구하고 가족이 함께 모인 명절의 풍경을 놓치지 않으려 애쓴 흔적이 있다.

남편의 건강 걱정과 함께, '이번이 마지막 치료인데'라는 문장 뒤에는, 어쩌면 말로 다 못한 불안과 체념이 숨어 있다.

"좀 나았다 싶더니 자만심을 가졌다"는 표현에서는, 병 앞에서 느끼는 인간의 무력함이 느껴진다.

그럼에도 어머니는 일상의 리듬을 잃지 않으려 한다.

"추석날 영화 보자고 예매했다."

아픈 남편, 걱정스러운 마음 한 켠에서도, 가족이 함께 웃는 시간을 만들고 싶은 그 마음이 짠하다.

이 시기의 어머니는 간병과 불안, 그리고 희미한 희망 사이를 오가며, '그래도 함께 있다는 것' 하나로 스스로를 붙잡고 있었다.

2014년 2월 3일
2014년

요세 참 잘 늘른이다
양력、1월 31일 구정이다
1월 30일 날 다를 앋다
올해는 4일 연휴다 부산에
석 다온 가족 그래도 긴 하루
부자히 외주었어 고맙다
구정에 박린수、엄마 아빠
박서양 버외가 제사
차례 하러 왔드니 좋았다
놀다 지어서 쌀로 가져왔고
오늘 2014년 2월 3일
우리 사랑 하는 손녀 다희
대학에 합격의 동지 날
너묶다 기뿜에 좋아
눈물이 난다 지애비가
그런데 딸히 끄가지 올해
대학에 못가면 어찌나
정말 걱정 핬다.
정말 고맙다 다희 화이팅
이라
(서산 자기로)확사
꼬지 선생、박언생 버외와

72세 참 상 늙은이다.
양력 1월 31일 구정이다.
1월 30일날 다들 왔다.
올해는 4일 연휴다. 부산에
석다윤 가족 그래도 긴 하루
무사히 와 주었다. 고맙다.
구정에 박○○ 엄마 아빠(아버지 여동생 내외)
박서방 내외가 제사
참례하러 왔다. 좋았다.
농사 지어서 쌀도 가져왔고

오늘 2014년 2월 3일
우리 사랑하는 손녀 다희
대학에 합격의 통지 날.
너무나 기분이 좋아
눈물이 난다. 지애비가
그런데 다희까지 올해
대학교 못 가면 어쩌나
정말 걱정했다.
정말 고맙다. 다희 화이팅!!
이다.
〈서산 삼길포〉 식사
최선생, 박선생 내외와

일기장 해설

이 일기의 문장은 잔잔하지만, 그 안에는 삶의 무게와 세대 간의 따뜻한 연결이 함께 담겨 있다.

2014년, 72세의 나이에 어머니는 스스로를 "참 잘 늙었다"고 표현한다. 그 말 속엔 체념이 아니라, 세월을 받아들이는 담담한 지혜가 느껴진다.

구정 연휴에 자녀와 손주들이 모두 모였고, 제사 준비로 분주하지만 행복이 배어 있다. 고모부가 직접 농사 지은 쌀을 가져왔다는 말에서는, 감사함과 감동의 의미가 느껴진다.

그날의 하이라이트는 손녀 다희의 대학 합격 소식이다.

"눈물이 난다"는 표현 속에는, 단순한 기쁨을 넘어 자식과 손주의 세대가 이어지는 감격이 담겨 있다.

남편의 건강과 형편 때문에 대학 진학을 걱정했던 마음이 풀리자, 어머니는 그 감정을 한마디로 정리한다.

"정말 고맙다. 다희 화이팅."

이 짧은 일기는 한 가족의 구정 풍경이자, 세월 속에서도 여전히 '가족의 행복'을 삶의 이유로 삼는 어머니의 순한 마음의 기록이다.

어머니의 일기 속 첫 장들은 그 자체로 한 사람의 성실하고 따뜻한 생의 기록이다.

날짜와 계절, 가족의 이름, 밭에서 자란 채소와 김장철의 냄새, 그리고 자식들의 생일과 손주들의 성장 — 이 모든 것들은 단순한 일상이 아니라, 삶을 이루는 조용한 감사의 언어로 이어진다.

그 시절의 어머니는 여전히 사회와 이웃 속에서 활발히 움직였다.

성당 봉사에 나서고, 모임을 챙기며, 여행을 준비하고, 자식과 손주의 일정을 꼼꼼히 적었다. 세상의 흐름을 또렷이 기억하면서도, 한쪽에서는 병든 남편을 돌보며, 가정의 중심을 지키고 있었다.

그 글에는 병의 그림자보다 사랑과 책임의 빛이 훨씬 더 짙게 드리워져 있다.

“내가 너무 욕심이 많았다”는 후회의 문장, “주님, 이 잔소리가 약이 되게 해주세요”라는 기도의 문장, 그 안에는 한 인간으로서의 성찰과 신앙인으로서의 겸허함이 함께 담겨 있다.

삶의 무게를 버티면서도 늘 ‘감사’를 먼저 떠올리는 사람, 그것이 어머니였다.

그 시절의 일기들은 어머니가 아직 기억으로 세상을 껴안던 시기의 흔적이다. 시장을 보고, 손주 교복 값을 보내고, 봄의 날씨를 적고, 숭례문 복원의 소식에 감동한다. 나라의 일과 가정의 일을 같은 페이지에 적는 그 균형감 속에서, 우리는 한 노년의 인간이 얼마나 건강하고 단단한 마음으로 살아왔는지를 본다.

그리고 그 모든 이야기의 밑바탕에는 언제나 한 가지 마음이 흐른다.
— 사랑하는 사람들을 위해 오늘 하루를 최선을 다해 살아가야 한다는 믿음.

1장은 바로 그 믿음의 기록이다.
어머니의 펜 끝은 늘 누군가를 향해 있었고, 그 글씨는 세월이 흘러도 따뜻하다. 병든 남편의 손을 잡고, 자식과 손주의 이름을 불러주던 그 손끝에서 우리는 잊고 있던 '평범한 날들의 찬란함'을 다시 배우게 된다.

"불탔던 숭례문이 다시 서듯, 인생의 시간 속에서도 어머니는 여전히 작은 기쁨과 회복의 의미를 찾아 적어 내려가고 있었다."

이 한 문장이 1장의 전체를 요약한다.
그녀의 일기는 '회복'의 기록이며, 동시에 '사랑의 증거'다.
치매라는 긴 그림자가 드리워지기 전, 세상을 온전히 기억하고 사랑하던 한 인간의 마지막 평온한 계절이 바로 이 1장이 담은 이야기다.

의학적 해설

1장은 어머니의 인지 기능이 온전했던 시기의 기록으로, 정상 노년기의 고유한 인지·정서 통합 상태를 잘 보여준다.

글에는 날짜, 계절, 사건, 인물, 장소가 명확히 등장하며, 이는 시간·공간·인물 지남력이 완벽히 유지된 상태임을 의미한다.

또한 사건의 순서를 정확히 기술하고 인과를 파악하는 능력은 전두엽 실행기능과 서사적 사고 구조가 정상적으로 작동하고 있었음을 보여준다.

감정의 표현에서도 "감사", "책임", "후회" 등 복합 정서가 균형 있게 드러나며, 이는 변연계의 정서 조절 능력이 안정된 상태를 반영한다.

종교적 언어와 일상 언어가 자연스럽게 교차하는 대목은 의미 부여 기반의 인지적 통합의 전형으로, 스트레스 상황에서도 내면의 질서를 유지할 수 있는 심리적 탄력성을 시사한다. 또한 사회 활동, 봉사, 가족 관리, 여행 준비 등 다중 역할을 수행하는 모습은 집행기능과 사회적 인지의 조화로운 작동을 의미한다.

전반적으로 이 시기의 어머니는 기억, 판단, 언어, 정서, 사회적 관계 모두에서 건강한 균형을 유지하고 있었으며, 이는 치매 발현 이전의 '완전한 자아 통합기'의 전형이라 할 수 있다.

따라서 1장은 병리적 변화가 시작되기 전, 정상 노년 인지기능과 안정된 정서 상태의 임상적 기준점으로 볼 수 있다.

제2장

흔들리기 시작한 기억의 계절

11 May
Tuesday

2014년 9월 19일

오늘은 대근회 모임 꽉전레려요
같이 모이게 되었다 우리 대근회는
인천속 사러마 신미라 마크리다
3명만 만나기로 했다 며금목
새건물에서 이태 형님이 진효으시다
길 아니시아 형님은 선경 공부 하신다고

2017년 4월 23일 일료2
요즘 세월 가는줄로 모르겠따
일이 끈때 따라 아이고
허리야 소리가 그저 죽죽
나온다 휘기야는 내 나이 가씨1
옛뿐 같으며 인간70 고래광
우리 끼리 이래 사니 자식을
에 그룹게 많이 아니 지치고
우리 농서 지어 자식 주르
시곤에서 많이 있어 · ·
자식 에게 많이 아니 지쳐드
산따 휘기야 상혁이 용력4가
원 %만원색 룸롱광에
이제 넣지라라 그 ·

2014년 9월 19일

오늘은 대건회 모임 죽전레지오
같이 모이게 되었다. 우리 대건회는
이OO 사비나, 신OO 마크리나
3명만 만나기로 했다. 미금역
새 건물에서 아네 형님이 편찮으시다.
김 아네시아 형님은 성경 공부하신다고

2017년 4월 23일 일요일

요즘 세월 가는 줄도 모르겠다.
일어날 때 마다 아이고
허리야 소리가 그저 줄줄
나온다. 하기야 내 나이 75세
옛날 같으며 인간 70 고려장
우리끼리 이래 사니 자식들
에 그렇게 많이 아니 지치고[많이 힘들어하지 않게 하고]
우리 농사 지어 자식 주고
시골에 땅이 있으니‥
자식에게 많이 아니 지쳐도
산다. 허기야 〈상혁이 웅필이가
월 10만원씩 통장에
이제 넣겠다고…

일기장 해설

2013년 9월 19일까지의 어머니는 가족의 일상과 건강을 또렷하게 기록하고 있었다. 그러나 이후 2017년 4월까지 일기가 사라지며, 그 사이 어머니의 삶에 균형을 흔드는 변화가 있었던 것으로 보인다.

첫째는 신체적 요인이다. 이전부터 반복되던 허리 통증과 피로는 고령기에 접어든 어머니에게 일기 쓰기 자체를 힘들게 했을 가능성이 크다. 몸이 불편해지면 기록의 습관도 자연히 끊어진다.

둘째는 정신적 변화, 즉 기억과 시간 감각의 흐려짐이다. 2017년 일기의 "세월 가는 줄 모르겠다"는 표현은 시간 흐름을 인식하지 못하는 초기 혼란의 징후로 보인다. 어머니는 자신이 몇 년간 일기를 쓰지 않았다는 사실조차 깨닫지 못했을 수 있다.

셋째는 상실감과 외로움의 정착이다. 이전과 달리 사람 이름이 거의 사라지고, "우리끼리 이래 사니…"처럼 모호한 표현만 남는다. 이는 관계망이 줄어들며 심리적 고립이 깊어진 상태를 보여준다.

이런 변화들은 2017년 4월 23일 일기의 흐트러진 글씨와 끊어진 문장에서도 드러난다. 그 시점의 어머니에게 시간은 더 이상 선형적 기록이 아니라, 감정의 파편처럼 흩어진 잔상들로 남아 있었다.

의학적 해설

2013년 이후 일기 공백과 2017년의 인지 혼란은 초기 알츠하이머형 치매에서 흔히 관찰되는 기억력 저하·시간 인식 장애·활동성 저하의 전형적 양상이다.

일기 작성 중단은 주의 집중력 감소와 동기 저하에 의해 나타나는 초기 증상 중 하나로, 신체 통증과 함께 인지 기능 저하를 가속화했을 가능성이 높다.

"세월 가는 줄 모르겠다"는 표현은 단순한 체감의 문제가 아니라, 시간·공간 지남력 상실의 신호로 해석된다.

또한 관계망 축소와 반복적 독백은 사회적 위축과 우울성 정서가 결합된 상태를 반영한다.

즉, 2013~2017년 사이는 기억과 감정의 경계가 무너지고, 현실의 연속성이 점차 흐려지는 초기 인지 장애 이행기로 볼 수 있다.

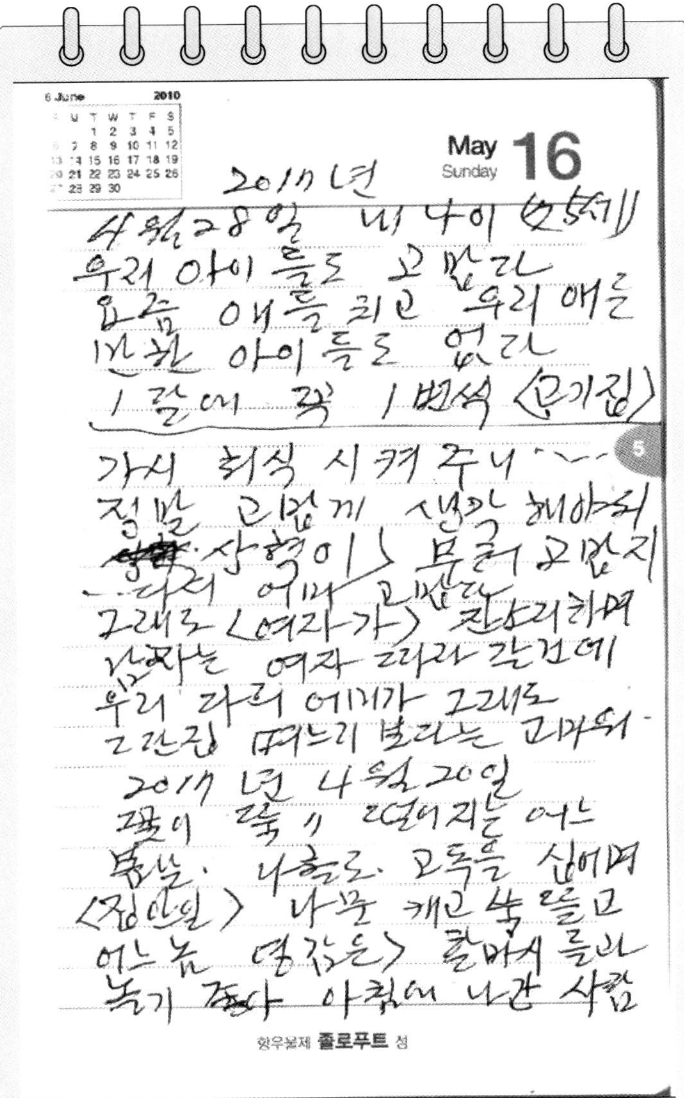
6 June 2010
May 16 Sunday

2011년
4월 28일 내 나이 오늘에
우리 아이 들도 고맙다
요즘 애들 되로 우리 애들
안한 아이 들도 없다
1달에 꼭 1번씩 〈모기집〉
가서 회식 시켜주니~~
정말 고맙게 생각 해야지
상혁이) 불러 고맙지
그래도 〈여기 가〉 소리치며
여자 그라다 간건에
우리 라리 어미가 그래도
그간집 며느리 보라는 고마워
2011년 4월 20일
나홀로 고독을 심어며
〈집안일〉 나무 캐고 쑥 들고
늙어 듣나
녹기 좋아 아침에 나간 사람

2017년 4월 28일

내 나이 75세
우리 아이들도 고맙다.
요즘 애들 치고 우리 애들
만한 아이들은 없다.
1달에 꼭 1번씩 (고기 집)
가서 회식 시켜주니~
정말 고맙게 생각 해야지.
상혁부터 고맙지.
다희 어미 고맙다.
그래도 (여자가) 잔소리하면
남자는 여자 따라 갈 텐데
우리 다희 어미가 그래도
딴 집 며느리 보다는 고마워.

2017년 4월 20일
꽃이 뚝뚝 떨어지는 어느
봄 날. 나홀로 고독을 씹으며
(집안일) 나물 캐고 쑥 뜯고
어느 놈 영감은 할마시들과
놀기 좋아 아침에 나간 사람

일기장 해설

이 일기는 언뜻 평화로운 일상기록처럼 보이지만, 그 안에는 현실 인식의 혼선이 서서히 스며들고 있다.

우선 날짜가 역전되어, 4월 28일 기록 안에 '4월 20일'의 일이 다시 등장한다. 이는 시간의 선후 관계가 무너지고, 기억의 배열 능력이 약해진 초기 신호다.

내용 면에서는 가족에 대한 감사가 이어지지만, 중간에 등장하는 "여자가 잔소리하면 남자는 여자 따라간다"는 문장은 이전의 따뜻한 어조와 달리 감정의 방향이 어긋나기 시작한 지점이다. 이 구절은 단순한 속담처럼 보이지만, 실은 남편(아버지)에 대한 내면의 불신과 피로감이 은연중 드러난다.

말미의 "어느 놈 영감은 할마시들과 놀기 좋아 아침에 나간 사람"은 현실의 인물과 망상이 뒤섞인 문장으로, 아버지를 향한 의심과 분노의 초기 망상을 암시한다.

즉, 이 일기는 겉으로는 감사와 일상, 속으로는 감정의 균열이 시작되는 경계선의 기록이라 할 수 있다.

이 일기에서는 기억 혼선과 망상형 사고의 초기 양상이 함께 드러난다.

날짜의 역전은 시간 지남력 장애의 전형적 징후로, 알츠하이머형 치매 초기에 흔히 나타나는 인지적 불안정성을 시사한다.

내용상 가족에 대한 감사와 동시에 비논리적 의심이 공존하는 것은, 감정 조절 기능 저하 및 피해망상의 시작으로 볼 수 있다.

특히 남편에 대한 왜곡된 판단은, 실제 기억과 상상이 혼재되는 현실 판단력 저하를 보여준다.

즉, 이 시기의 어머니는 아직 일상 언어와 감정을 유지하지만, 감정적 통합 기능이 무너지기 시작한 경계 단계에 들어선 것으로 해석된다.

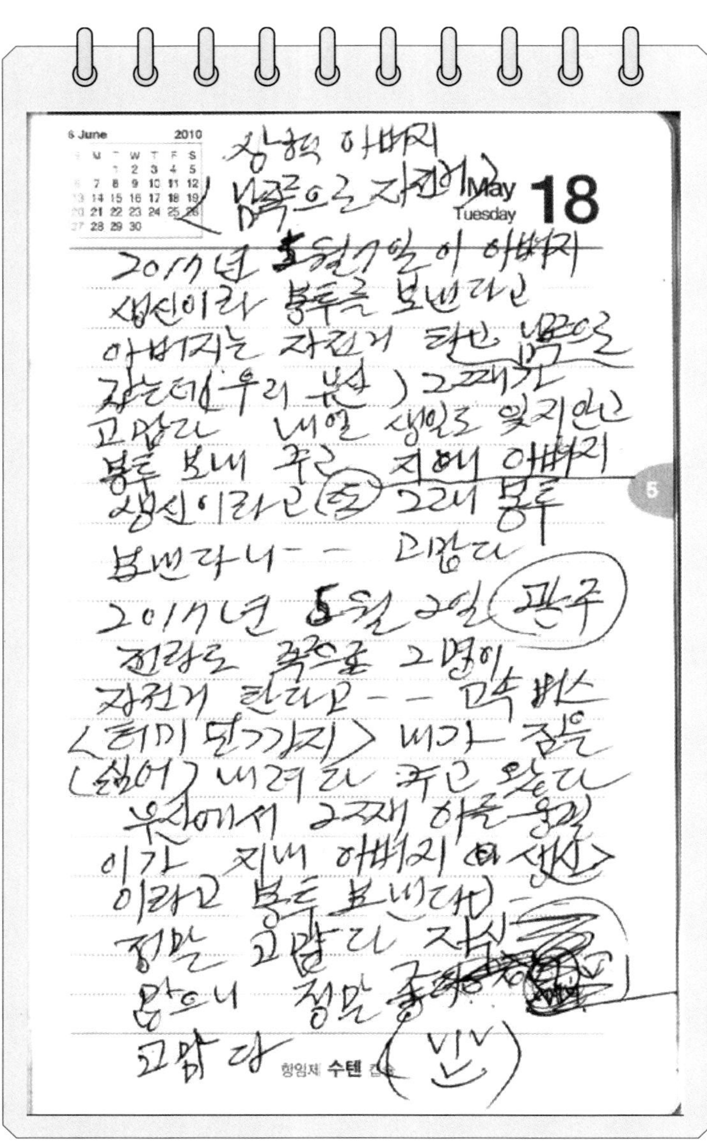
6 June 2010
May 18 Tuesday

장력 아버지
남족으로 자전거

2010년 5월7일이 아버지
생신이라 봉투를 보낸다고
아버지는 자전거 타고 남쪽으로
갔는데(우리 분) 그때까지
고맙다 내일 생일도 잊지안고
봉투 보내 주고 지혜 아버지
생신이라고 (축) 그래 봉투
보낸다니―― 고맙다
2010년 5월 2일 (광주)
전라도 족으로 그명이
자전거 탄다고―― 고속 버스
<터미 덩기기지> 내가 집을
(싫어) 내려라 주고 왔다
우체에서 그재 하루 월(?)
이가 지혜 아버지 (더) <생신>
이라고 봉투 보낸다고
정말 고맙다 자식
말으니 정말 좋아
고맙 다

2017년 5월 2일

(앞장에 이어)

2017년 5월 7일이 아버지,
생신이라 봉투를 보낸다고.
아버지는 자전거 타고 남쪽으로
갔는데(우리 부산) 2째가.
고맙다. 내일 생일도 잊지 않고
봉투 보내주고 자기 아버지
생신이라고 또 그렇게 봉투
보낸 다니...고맙다.

2017년 5월 2일 (광주)

전라도 쪽으로 2명이
자전거 탄다고…고속버스
(터미널까지) 내가 짐을
(실어) 내려다 주고 왔다.
부산에서 2째 아들 웅필
이가 지내 아버지 생신
이라고 봉투 보낸데.
정말 고맙다. 자식
많으니 정말 좋다.
고맙다. (웃음 이모티콘)

일기장 해설

이 일기는 현실과 기억이 얽히기 시작한 경계 시점의 기록이다.

당시 아버지는 실제로 자전거 여행을 떠나 있었고, 어머니는 그 사실을
알고 있으면서도 기록 속에서는 시간과 사건의 순서를 혼동하고 있다.
"아버지는 자전거 타고 남쪽으로 갔다"는 부분은 실제 사건이지만, 그
에 덧붙인 표현들 "고맙다", "봉투 보냈다", "자식이 많으니 좋다"는 현
실 서술보다 감정의 흐름으로 기록된 것이다.

즉, 어머니는 남편의 여행을 사실로 인식하면서도, 그 길 위에 자신의
불안과 염려, 그리고 감사의 정서를 덧입혀 적은 셈이다.
글씨는 불안정하고 문장은 짧아졌지만, 그 안에는 "먼 길 떠난 남편의
안전을 빌고, 가족의 사랑을 잊지 않으려는 마음"이 그대로 남아 있다.
아울러 자식들이 아버지 생신에 보내준 작은 성의에도 기뻐하는 모습
이 역력하다. (웃음 이모티콘)

이 일기는 기억이 흔들리면서도 감정이 가장 진하게 남아 있던 시기에
해당한다.

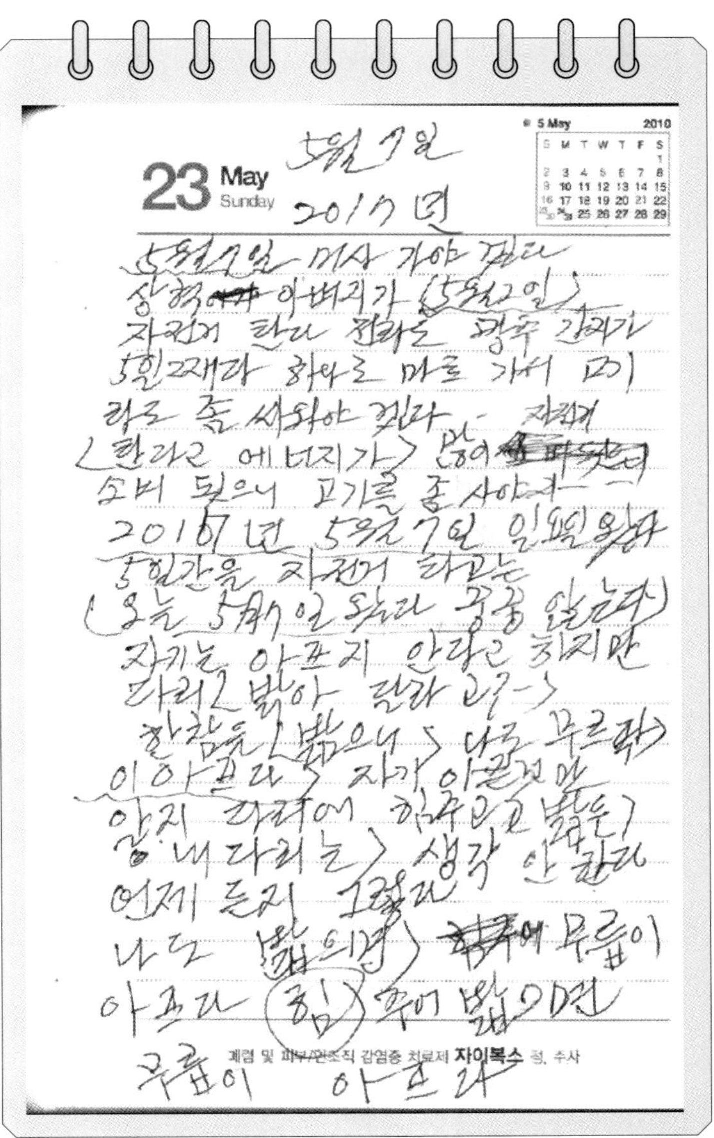

2017년 5월 7일

5월 7일 미사 가야겠다.
상혁이 아버지가 (5월 2일)
자전거 타고 전라도 광주 간지가
5일째다. 하나로 마트 가서 고기
라도 좀 사와야 겠다. 자전거
(탄다고 에너지가) 많이
소비됐으니 고기를 좀 사 가야지

2017년 5월 7일 일요일 왔다.

5일간 자전거를 타고는
오늘 5월 7일 왔다. 끙끙 앓는다.
자기는 아프지 않다고 하지만
다리(밟아 달라고?)
한참을 (밟으니) 나도 무릎팍
이 아프다. 자기 아픈 것만
알지. 다리에 힘주고 밟은
내 다리는 생각 안 한다.
언제든지 그렇다.
나도 밟으면 무릎이
아프다. 힘 주어 밟으면
무릎이 아프다.

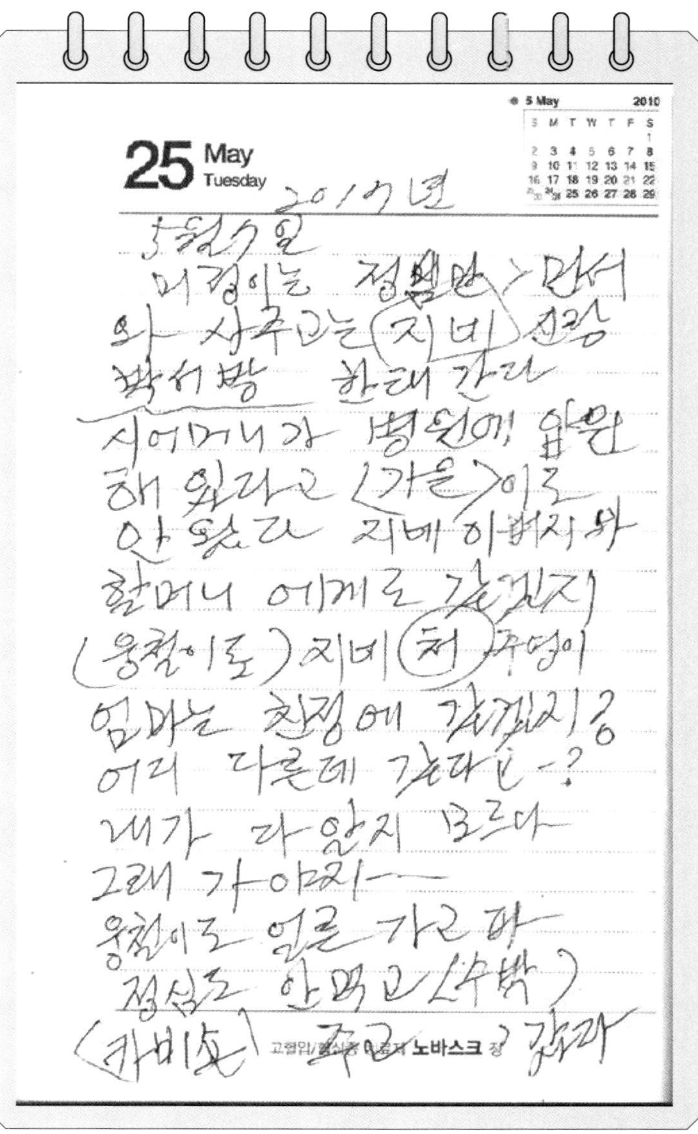
25 May Tuesday
5 May 2010
2010년
5월 25일
미경이는 정읍면 ~ 당서
와 사추고는 (지비) 친정
박서방 한테 간다
시어머니가 병원에 입원
해 왔다고 (가을)이로
안 왔다 지비 아버지 와
할머니 에게로 갔겠지
(웅철이로) 지비 (처) 주영이
엄마는 친정에 갔겠지?
어디 다른데 갔나요~?
내가 다 알지 모르다
그래 가야지~
웅철이로 일로 가고 나
정심도 안 먹고 (수박)
(카비츠)

2017년 5월 7일

미정이는 점심만 먼저
와 사주 고는 지네 신랑
박서방 한테 간다.
시어머니가 병원에 입원
해 있다고 (가은)이도
안 왔다. 지네 아버지와
할머니 에게로 갔겠지.

(웅철이도) 지네 처 주영이
엄마는 친정에 갔겠지?
어디 다른 데 갔다고?
내가 다 알지 모르나...
그래, 가야지...

웅철이도 얼른 가고파
점심도 안 먹고 (수박)
(카비숀)[무슨 말인지 모르겠음] 주고 갔다.

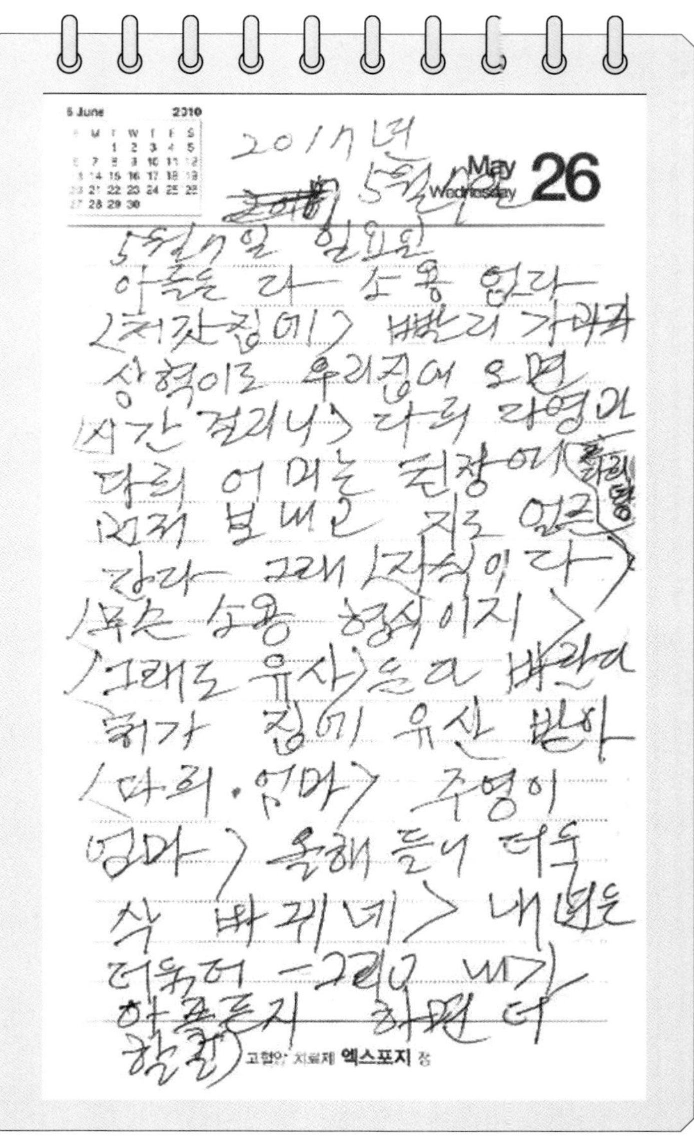
2017년
5월
5월 9일 일요일
아들은 다 소용없다
(처갓집에) 빼앗겨 가버려
성혁이로 우리집에 오면
(시간 걸리니) 다 외 라영이
다 외 어미는 권장이
먼저 빌려는 지도 없고
같다 그래 (지식이다)
(무슨 소용 헝식이지)
(그래도 유사)는 다 버리다
위가 집에 유산 받아
(다 외·엄마) 주영이
엄마) 올해 들어 더욱
싹 바뀌네) 내년은
더욱더 —그래요 빼기
아 올트지 하면 더
함께)

5월 7일 일요일
아들은 다 소용없다.
(처갓집에) 빨리 가고파
상혁이도 우리집에 오면
(시간 걸리니) 다희 다영과
다희 어미는 친정에
먼저 보내고 지도 얼른
간다. 그래 (자식이 다)
(무슨 소용 형식이지)
(그래도 유산)은 다 바란다.
처가집에 유산 받아
(다희 엄마) 주영이
엄마 올해 들어 더욱
싹 바뀌네. 내년은
더욱 더…그리고 내가
아프던지 하면 더
할 걸

27 May / Thursday

2017년
5월 27일 (회요일)
어버이날
〈그래 자식 소용 없어〉
윗집에 〈양노원에〉
〈의논하여 · 우리 내외〉
가 아프면 돌보아달라고
굳은 저당 해서 〉
원장라 몸이 좀 안좋으면
의논 해야지 ——
— 사이가 — 드니 참하다
한해 달라 지네 ——
나는 눈치가 없는줄
아나봐 봉투〉5만원
넣어 주고가는 쌀형기
이상도 들어난다
없른

May 28 / Friday

2017년
5월 27일 어버이날
그래 봐라 이짱은
어림 없다 내가 아무
지데 아버지 〈두 사람다
아 끄려 우리를
보살펴 달라고 미꾸리
원장에게 할것이고
집을 저당 하여 ——
자식덜은 건 절대없어
자식을 절대 안 믿는다
상혁이도 아예 다의
어머 라의 · 라 영 다
안온다 이제 지비 이모
들라 만나서 준거리
넘거지 —— 나는 그래도
라희 다영 웃려고 막 써싸리
얼마 안되리만 사거만 ——

어버이날
(그래 자식 소용없어)
뒷집에 (양로원에)
(의논하여 우리 내외)
가 아프면 돌봐 달라고
집을 저당해서…
원장과 몸이 좀 안 좋으면
의논해 야지.
나이가 드니 참 한 해
한 해 달라지네.
나는 눈치가 없는 줄
아나 봐. 봉투 5만원
넣어 주고 가는 상혁이
인상도 드러난다.
얼른 처가집에 가고파

2017년 5월 7일

어버이날
그래 봐라. 이 집은
어림없다. 내가 아니
지네 아버지 두 사람 다
아프면 우리를
보살펴 달라고 미리
원장에게 할 것이다.
집을 저당하여,
자식 믿을 건 절대 없다.
자식들 절대 안 믿는다.
상혁이도 아예 다희
어미, 다희 다영 다
안 온다. 이제 지네 이모
들과 만나서 즐겁게
놀겠지. 나는 그래도
다희 다영 줄려고 액세서리
얼마 안 되지만 샀 건만

웅철이 지네 식구 주영이
진우 데리고 오면
밥 먹고 시간 걸리니
주영 어미 아예 안 온다.
그래도 다희 어미도
다희도 다영이도 다 난
안다. 그래 시가가
싫다 이거 지. 그래 음식
아니 밥 먹어야 되니…
그래 상혁이는 대진
아파트 갔으니(줬으니)…
두고 봐라 웅필이 밖에
이 집을 결코 없네.
다 지네 하기 나름이야.
그래도 바라긴.
늙을수록 잘 해야 되지만
친정 노는 것 좋다

미정이는 식구 4명이
일본에 갔다 왔다고
시어머니가 병원에 (입원)
했다 간다고 가은이도
박서방도 아예 안 왔다.
그래 나이가 드니
한 해 한 해가 달라진다.
모두들 형식이다. 그래 그래도
상속 어림없지. 뒷집에
(양로원에) 의논하여
우리 내외를 맡기 겠다.
누구나 다 늙겠지…
아주머니 소개해 달라
든지, 이제 생각
달리 해야지. 얼마
전만 해도 자식 주자
했는데, 아니야 아니
(노래) 내가 설움
안 받고 마음 놓고
기댈 곳 사람 일 알 수
없어.

일기장 해설

이 일기는 여러 날에 걸쳐 반복적으로 쓰인 '5월 7일 일기들'의 마지막 파도이자 감정의 종착지다.

이전까지는 가족의 무심함에 대한 분노와 서운함이 중심이었다면, 여기서는 그 감정이 완전히 식어 체념과 자기 위로의 단계로 옮겨갔다.
"나도 고려장쯤 들어가지 뭐"라는 말은 단순한 농담이 아니라, 자신이 결국 요양원이나 양로원으로 가야 할 운명임을 받아들이는 선언이다. '고려장'이라는 옛 표현을 쓴 것은, 죽음과 노년을 함께 떠올리는 세대의 정서를 그대로 드러낸다.
"자식 다 소용없다", "돈만 있으면 돼"라는 문장은 이성의 판단이 아니라, 절망의 방어기제로서 나온 냉소적 언어다. 그 말 속에는 더 이상 기대하지 않으려는 의지와, 그러면서도 여전히 기대가 남아 있는 모순이 함께 들어 있다.
마지막의 "아줌마 소개받으면 돼"는 일상의 이치나 농담으로 보이지만, 사실은 관계의 단절을 스스로 희화화 함으로써 상처를 무디게 하려는 심리적 방어다. 이 시기의 글씨는 불안정하고, 문장마다 끊김이 심하지만, 단어의 배열에는 여전히 '이해하고, 정리하고, 버티려는 인간적 노력'이 남아 있다. 결국 이 일기는 어머니가 기억 속 세계에서 현실로 돌아오는 마지막 시도이자, 자신의 외로움을 스스로 돌보는 첫 번째 문장이 되었다.

즉, 분노와 혼란을 지나 "그래, 걱정 말고 나도 갈 곳이 있다"는 체념의 평화로 이어지는 시기이다.

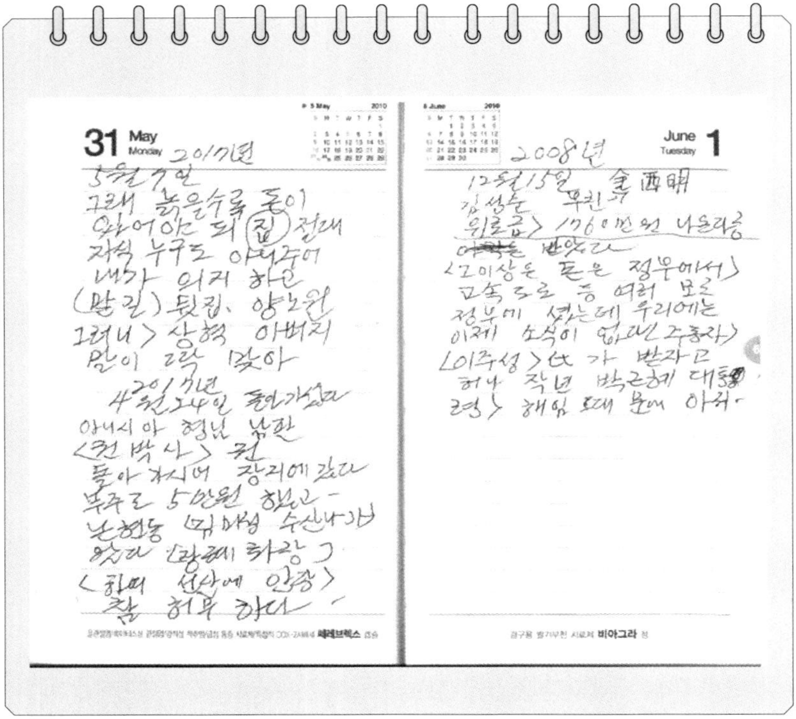

2017년
5월 7일
그래 늙을수록 돈이
많어야는 되(집)전대
자식 누구도 아니주어
내가 의지 하은
(딸 같)뒷킴, 양노원
그러니> 상혀 아버지
말이 그럭 맞아

2017년
4월 24일 돌아가섰다
아버시 아 형님 남편
<천 백 사> 권
돌아 처시어 장례에 갔다
부주로 5 만원 했으고 -
논현동 (뭐) 마성 수신나가
있다 (광례 타강)
< 하미 선산에 안장 >
참 허무 하다 ~

2008년
12월 15일 金西明
김성순 우린
위로금> 1760만원 나올라응
여야를 받았다
<그 이상은 돈은 정부에서>
고속도로 등 여러 보로
정무에 섰는데 우리에는
이제 소식이 없따면 즈총라>
<이주성 >氏 가 반자고
허나 작년 박근혜 대통
령> 해임 또때 문에 아쉬 -

2017년 5월 7일

그래 늙을수록 돈이
있어야 돼. 집 절대
자식 누구도 아니 주어.
내가 의지하고
(맡길) 뒷집, 양로원
그러니 상혁 아버지
말이 맞아

2017년 4월 24일

돌아가셨다.
아네시아 형님 남편
(권박사) 권
돌아가시어 장지에 갔다.
부조로 5만원 했고
논현동 김OO수산나가
왔다. 장례 화장
하여 선산에 안장
참 허무하다.

2008년
12월 15일 金西明

김성순 부친
위로금 1760만원 나온다고
받았다.
그 이상은 돈은 정부에서
고속도로 등 여러 모로
정부에서 썼는데 우리에게는
이제 소식이 없다. (주동자)
(이OO氏)가 받자고
하나 작년 박근혜 대통령
해임 때문에 아직…

이 두 장의 일기는 마치 한 사람의 기억이 시간의 벽을 넘어 흘러가는 듯한 인상을 준다. 왼쪽 면의 날짜는 2017년 5월 7일, 그러나 그 아래에는 4월 24일의 장례식 이야기가 갑자기 이어진다. 필체는 동일하고 문체도 이어지지만, 주제가 전혀 다르다. 아마 어머니는 일기를 쓰던 중 문득 떠오른 기억에 사로잡혀 당시의 장례식 장면을 그대로 적어내려 간 것으로 보인다.

이 시기부터 어머니의 일기는 명확한 시간 흐름이 사라지고, 감정이나 기억의 '연상'에 따라 자유롭게 이동한다.
'어버이날의 분노'와 '지인의 부고'가 한 장에 공존하는 이유는 감정의 기원이 같기 때문이다 – "상실과 외로움". 누군가의 죽음, 혹은 마음이 멀어진 자식의 부재 모두 어머니에게는 같은 의미의 '이별'이었을 것이다.
오른쪽 면으로 넘어가면, 시간은 갑자기 2008년으로 거슬러간다. 돌아가신 아버지(외할아버지)의 위로금과 정부 보상금 이야기가 나온다. 맥락상 불현듯 떠오른 회상처럼 보이지만, 그 안에는 여전히 '돈'과 '보상'이라는 의존의 상징이 남아 있다. 앞선 일기에서 "자식 믿을 것 없다. 양로원에 맡기겠다"고 했던 결심과 이어진다. 즉, 이 기록은 자식 대신 제도나 타인에게 기댈 수밖에 없는 노년의 불안을 표현한 것이다.
한쪽은 현재의 상처, 다른 한쪽은 과거의 보상. 하지만 그 둘은 하나의 감정으로 이어져 있다 – "내가 버림받지 않으려면 무엇을 붙잡아야 하나". 시간은 무너졌지만 감정의 흐름은 놀라울 만큼 일관된다.

이 시기의 어머니는 기억을 잃어가면서도, 끝내 '의지할 곳 없는 존재의 고독'만은 놓지 못했다.

2 June Wednesday 2017년
5월7일
더정이가 일본간다와
왔다 라고 (절개
시어머니가 병원에 입원
하셨다고 (땅세방)
가은이와 안 왔다
다의 어머로、다의 도라영이
도 <링개라> 지비
의 갓집에 갈려고 어다
갔데 내가 그 누리
모르나 상혁이> 줄라
꽃 가나 들고 왔서는
정심도 안 먹고 봉투)
5만 넣어 주라는
지퍼운 인상> 열른
가르라 ->

2015년 5월7일
항절이로 주영이 어머로
안 왔다 >서정이가 먼서
와 일본간다 왔다고
정심 간드러 먹고
가은이와 > 방니만이 있느데
시어머니 환희 간다고--
그래 가보야지 --아에
다 엄어진다 >그래 다의
다영、다의 어머 오면
그냥 라기 그렇니 엉쏘
안 한다 星 주석에도
오지마 친정에 가 다
이제 더 늘어지면 양노원
어 보내란는 오의욀
안을 꺼야 그래
오지마 니미 안왔도
된다 <누구보니 되네>

미정이가 일본 갔다가
왔다. 과자 몇 개…
시어머니가 병원에 입원
하셨다고 박서방
가은이와 안 왔다.
다희 어미도, 다희도 다영이도
(핑계다) 지네
외갓집에 가려고 어디
갔데. 내가 그 눈치
모르나? 상혁이 혼자
꽃 하나 들고 와서는
점심도 안 먹고 봉투
5만원 넣어 주고는
지겨운 인상 얼른 가고파

웅철이도 주영이 어미도
안 왔다. 미정이가 민서
와 일본 갔다 왔다고
점심 간단히 먹고
가은이와 박서방이 있는데
시어머니 한테 간다고…
그래 가 봐야지, 그래 다희,
다영, 다희 어미 오면
그냥 가지. 그렇게 얼씬도
안 한다. 추석에도
오지 마. 친정에 가 다…
이제 더 늙으면 양로원
에 보내고는 오지도
않을 거야. 그래
오지 마. 니 네 안 와도
된다. 누구 보니 (뒷면)

일기장 해설

이 일기는 동일한 날짜를 반복적으로 적으며, 그날의 감정이 하루가 아니라 며칠에 걸쳐 계속 이어졌음을 보여주는 연쇄기록이다.
이전의 일기들이 서운함과 체념 사이를 오갔다면, 여기서는 완전히 분노와 절연의 언어로 바뀐다.

"핑계다", "그 눈치 내가 모르나", "얼른 가고파" 이런 문장들은 단순한 가족 서운함이 아니라 자신이 더 이상 '필요한 존재가 아니라는 감정적 상실'에서 비롯된 것이다. 어버이날을 맞아 자식들이 찾아왔지만, 그들의 방문은 어머니에게 '사랑의 증거'가 아니라 의무감의 표시로만 느껴졌던 것이다.
"그래 다희, 다영, 다희 어미 오면 그냥 가지. 추석에도 오지 마." 이 구절은 감정의 폭발이자 동시에 마음의 보호막 선언이다. 기억이 흐려지면서 현실의 관계가 단편적으로 남고, 그 단편들이 상처의 형태로 고착된 것이다.
"이제 더 늙으면 양로원에 보내고는 오지도 않을 거야"라는 대목은 자식들에 대한 원망이 아니라, 자신이 이미 사회적으로 버려졌다고 느끼는 절망의 표현이다.

글씨의 흐트러짐, 반복되는 단어('안 왔다', '가 버려라', '오지 마')는 언어적 혼란이 아니라, 감정의 '메아리'다. 이 시점의 어머니는 논리로 쓰는 게 아니라, 감정의 파동을 기록하고 있었다.

2017년 5월 7일

상혁이 아버지도 5월 2일
자전거 타고 남쪽으로 간다고
고속터미널까지 차 태워
주었건만
5일만에 오자 저녁에
겨우 자고는 아침 일찍 (복지관)
갔다. (그래 할마시)들이
더 보고싶을 거야. 9시
30분부터인데, 8시가 되기전에
나간다. 그래 (그래 봐라)
자기 늙으면 그래 (양로원)
아니 (복지관) 할매들 한테
가라. 집에 있는 (나 얼굴)
보기 싫으니 밥 먹자 마자
나간다. 그래 자기는 (병)
안 들고 안 아프고 백 년 살거
같아. 하기야 나 아플 때
잘 해 주었긴 했지.
그러나 9시부터인데
밥 먹자 말자 나간다.

음력 4월 13일
2017년 5월 8일

오늘이 4월 13일 상혁이 아버
지 생신인데 이렇게 깜짝 잊었
다. (정말 큰일이다. 어쩌면
좋아. 큰 며느리 라는 게 챙기나?
원래는 어제 일요일날 당겨서
생신 한다고 달력에 써 놓고
깜빡 잊었네. 큰 며느리 라는
게 (어디 신경 쓰나) 지 친정에
만 가지. 그래도 (상속 바래)
누구 때문에 그 집도 버젓이
사는데…? 이제 지가 시부모
모든 걸 신경 써야 될 나이가
아닌가? (제사) 생신
난 맏이가 아니 라도
(제사) 생신 다 신경 썼는데
나는 40대부터 모든 것 다
내가 했다. (맏 동서) 있어도
내도록('늘'의 경상도 방언) 생각
을 했는데 왜?
오늘은 딱 잊었는지?
아니 이젠 죽을 때가 됐나 봐

일기장 해설

이 일기는 5월 7일로 적혀 있지만, 실제로는 며칠간 이어진 어버이날의 분노가 끝을 향해가던 마지막 기록이다.

"복지관의 할마시들이"라는 표현은 현실과 환상이 섞이기 시작한 초기 징후로, 이 시점에서 어머니의 세계는 이미 현실적 관계에서 멀어지고 있었다. 자식들의 무심함을 말하던 이전과 달리 "상혁이 아버지도 자전거 타고 남쪽으로 간다"는 구절에서는 남편에게조차 버려졌다는 고립감이 드러난다. 복지관, 할머니들, 밥 먹기 싫다는 말도 모두 이 고립감에서 비롯된 망상의 그림자처럼 보인다.

오른쪽의 5월 8일 기록은 다음 날 아버지의 생신 이야기다. "깜빡 잊었다"는 말은 실수가 아니라, 죄책감과 상처가 섞인 고백에 가깝다. 잠시 다녀간 자식들의 방문도 "아무도 오지 않았다", "죽을 때가 됐나 봐"로 왜곡된다. 이는 사실의 기억이 사라지고 감정만 남는 전형적 모습이다. "큰 며느리라는 게…", "제사 신경 쓰나…" 같은 문장들은 겉으로는 투정 같지만, 흐려지는 인지 속에서 기억의 조각을 붙잡으려는 몸부림이다.

결국 5월 2일부터 8일까지의 기록은 자식에 대한 서운함 → 깊어지는 고립 → 남편에 대한 불신 → 현실 왜곡 → 생의 무의미감으로 이어지는 감정의 추락을 보여준다.

의학적 해설

이 시기의 일기에는 피해망상과 감정 기억의 왜곡이 뚜렷하게 드러난다.

복지관과 '할마시들'에 대한 언급은 실제 인물이라기보다 투사된 감정으로, 불안과 고립감이 외부 인물에게 전이된 전형적 사례다.

가족과 남편에 대한 불신, "아무도 오지 않았다"는 왜곡된 표현은 기억 재구성 오류로, 사실 인식보다 감정이 우선된 판단이다.

이 시기에는 현실 감각이 약화되면서 우울-망상 복합상태로 진입하고, 생의 무의미감과 죄책감이 반복적으로 표출된다.

즉, 5월 초의 연속된 일기들은 인지 기능의 저하와 함께 정서 조절력 붕괴-현실 판단력 손상-자아존중감 상실로 이어지는, 치매 진행의 명확한 중기 이행기로 해석된다.

8 June Tuesday 2017년 5월 8일

오늘도 정말 죽고 싶다 —
이렇게 〈나미 첫째 〉 여기야
있지 그냥 먹으게 아니리
〈 자규 〉 70세 그냥 먹는줄
아 버느야로 70 넘어 바
완전히 다 르다 — 그만이
이제 생각 난데 —

내나이 75세 옛날의 며
고래장 그래 자꾸 〈정신 차리자〉
나는 내혼자 영영 울고 있데
죽어야지 이렇게 정신 있는데
죽어 야지 이래서 산다 무엇리
〈머정이 〉 딸이 머정아
내가 너무 정신 없다 하니
엄마 내가 최고 갈게. —
〈그래 고맙다 머정아
맛 며느리가 최고야 하는데 —
생각도 난고 〈화라〉

2017년 5월 8일

아마도 상형이 며가 원일
화였나 싶다 상형이가 내비
시부록 해 왔고 다의 당형
이로 〈다희 어미〉큰 며느리로
전화 1통 없는가 보니 —
서로가 그렇게 지비 부모 천데
가 커리라〈오늘 몇 살이 여리로 갈마정〉
— 오라는 곳이 없어 나는 못가오
천상에 아재 세상 떠나고 싶
삼천은 할머들나 즐겁게 놀면서
〈 사랑 복지 관에 〉나을 까봐
손수 매는리 〉 그래 내가죽어〉
죽마 다리기 늙은 할매들과
잘 논다 〉 내가 가구라는
자가는 즐겁게 머물 녹고 놀게야
하기야 지금도 내가 지키고만
와고 안나 가나 죽자
〈이제 웅웅증도 생기는 자꾸만〉
〈죽고 싶다 죽으면 세상〉
끝나 는 라〉

오늘은 정말 죽고 싶다.
이렇게 (나이 75세) 허기야
75세 그냥 먹은 게 아니라
(진규 母) 70세 그냥 먹늘 줄
아느냐고 70 넘어 봐
완전히 다르다. 그 말이
이제 생각 나네…
내 나이 75세 옛날이면
고려장, 자꾸 정신 차리자.
나는 내 혼자 엉엉 울고 있다.
죽어야지 이렇게 정신없는데
죽어야지 이래서 살아 무얼 해
미정이, 딸이 미정아
내가 너무 정신없다 하니
엄마 내가 챙길 게
맏 며느리가 챙겨야 되는데…
생각도 않고 있다.

아마도 상혁이네가 무슨 일
있었나 싶다. 상혁이가 내내
시무룩 해 있고 다희 다영
이도 (다희 어미) 큰 며느리도
전화 1통 없는 것 보니…
서로가 그렇게 지네 부모 한테
가거라. (오늘 어디로 몇 십리 갈
까?) 오라는 곳이 없어 나는 못
가오 천상(어쩔 수 없이 라는 경상
도 방언)에
이제 세상 떠나고 싶어
남편은 할매들과 즐겁게 놀면
서도 (나를 복지관에) 나올까 봐
겁이나
슬슬 메는 것. 그래 내가 죽어
주마. 자기 늙은 할매들과
잘 놀아. 내가 가 주면 자기는
즐겁게 마음 놓고 놀 거야.
하기야 지금은 내가 지키고 만
있고 안 나가니 좋지.
(이제 우울증도 생기네 자꾸만)
(죽고 싶다, 죽으면 세상 끝나는데)

일기장 해설

5월 8일의 일기는 제목조차 필요 없는 절규다.

"오늘은 정말 죽고 싶다."는 문장은 단순한 체념이 아니라 존재가 무너지는 순간의 언어처럼 들린다. 어머니는 "75세니까, 이제 다 끝났다"는 말을 반복하며 그동안 자식과 남편에게 향하던 분노를 이제는 스스로에게 돌린다. "70 넘어 보니 완전히 다르다"는 표현은 삶의 질서가 무너졌음을 스스로 느낀 기록이다.

'정신이 사라졌다', '죽어야지' 같은 단어들이 이어지는 것은 단순한 우울을 넘어 자기 정체감이 흔들리는 단계의 특징적 언어다. 그럼에도 "내 머리가 챙겨야 되는데"라는 구절에는 마지막까지 정신을 붙들고 싶어 하는 잔존한 이성의 저항, 그리고 여전히 자신을 관리해야 한다는 어머니로서의 역할의식이 남아 있다.

오른쪽 페이지의 내용은 이 감정이 외부로 확장된 모습이다. "상혁이네 무슨 일 있었나 싶다", "전화 한 통 없다"는 문장은 자식에 대한 상처와 배신감이 여전히 남아 있음을 보여준다.

마지막 문장 "죽고 싶다, 죽으면 세상 끝난다네"는 절망의 표현처럼 보이지만, 동시에 죽음과 삶의 경계를 인식하는 마지막 이성의 흔적이기도 하다. 이 시점의 어머니는 '모든 것을 포기하고 싶은 감정'과 '아직 남아 있는 의식' 사이에서 흔들리고 있었다.

이 때의 일기는 치매 말기로 진입하면서 감정 조절 기능이 붕괴된 상태다. "죽고 싶다"는 표현은 단순한 우울이 아니라 자기 정체성 상실의 언어다.

인지 기능은 여전히 잔존하지만 감정이 이를 압도하며, 현실 판단보다 감정이 우선 작동한다. 반복되는 '죽음' 언급은 정서기억 우세형 인지 퇴행의 특징으로, 논리보다 감정의 기억이 지배하는 단계다.

"내가 챙겨야 되는데" 같은 문장은 잔존 인식이 남아 있음을 보여준다.

이 시기의 우울은 환경적 요인보다 자기 존재감 붕괴에 가깝다. 즉, 자신이 누구인지, 왜 살아야 하는지를 인식하지 못하면서 오는 내면의 공허함이다. 자식과 남편을 향한 원망이 자기 비난으로 전이되고, 생의 의미가 점차 사라진다.

그러나 "죽으면 세상 끝난다네"는 여전히 생사 개념을 인식하고 있다는 점에서 현실지각의 마지막 흔적으로 볼 수 있다.

전체적으로는 치매 후기의 정서 붕괴기이자 자아 해체 단계, 즉 기억보다 감정이 끝까지 남아 인간의 마지막 흔적을 지키는 시기다.

10 June
Thursday

2017년5월8일
어버이 놀이라고 큰며느리
하나 시아버지 생신이라고
미역국 끓여 드리려 오라고
안는 며느리 큰며느라는
인간이 집이 힘으로 산집도
아닌데 지체 이름으로
전세 놓고> 대전 아파트
집사서 이사갔다고 --
집이 돈 1푼 들였나
(담) 나의 힘으로 범인들의로 -
그래 놓지 남껏 이름 집사서
대저 APT, 집에도 10원
하나 들였나 (?) 어버날
(시 아버 생신>

June 11
Friday

2017년 5월8일
(라리 어머 큰며리간게 시애버지)
생신이라도 미역국끓여
드리려고 오지도 안고 -
지내 친정에 가고 그래>
괜히 대전 아파트 그애서
그글 전애서 놓 바카도
저거 이름으로 사는
포음 잡아 이제 10원도
없다 그래 < 그집이 누구
집인데 지미 10원
한푼 안들이고 모생
한번 안 하고 재미이름
(으로 대진 ATT)집세
놓아 집사고 마치지

2017년 5월 8일

어버이날이라도 큰 며느리
아니 시아버지 생신인데도
미역국 끓여 드리러 오지도
않는 며느리. 큰며느리라는
인간이 지네 힘으로 산 집도
아닌데, 지네 이름으로
전세 놓고, 대진아파트를
[전세 놓고] 이사 갔다고
지네 돈 한 푼 들였나.
다 나의 힘으로 벌어들인 돈
그래 놓고 지 남편 이름 집 사
서
대진 APT 지네도 10원
하나 들었나? 어버이날
(시아버지 생신)

2017년 5월 8일

다희 어미 큰 며느리란게 시아
버지
생신이라도 미역국 끓여
드리려고 오지도 않고
지네 친정에 가고 그래,
괜히 대진아파트 주어서
그것을 전세 놓아놓고
저거(지네) 이름으로 사고는
**잡아. 이제 10원도
없다. 그래, 그 집이 누구
집인데, 지네 10원
한 푼 안 들이고 고생
한 번 안하고 지네 이름
으로 대진APT 전세
놓아 집 사고 마치지(끝내지)

12 June Saturday

2017년
5월 8일

집인양 제가가 고생)
하여 산 집인가요
ㄴ어버이 날도 나 한래ㅣ)
상혁이만 오고 지녀기 친정에)
가는) 친정에 돈 10원
하나 보태 주었나
이제는 국혼) 없다
나에게 의는 없어 대진)
ㄴ저서 놓고 3고 쩡2자라)
상혁이 이름으로 집사고
ㅁ의 지미 벗어서
살까 갈이(이제 ㅁ집도)

원앙새 **캠푸토** 주사

7월 5일 어버이날

June Sunday **13**

2017년

그래 타리 어미는 친정에서
1십 원 함 좀 보태 주었나?
그래 (나) 뒷집에 봉현 하고
두자집 양노원에 ㅉ
대우 받고 산것니다
(어제 어버이날
오늘은 상혁 아버지
생신 시아버지 생신에
ㅁ역 끓여 드려려 오지
안고 친정에 가ㄴ
(대진 아파트)전세
내어 지내 집 사ㄴ —
대진이 아로마신 정 지내 꼿라

2017년 5월 8일

집인 양 저거가(지들이) 고생
하여 산 집인가?
(어버이날도 나 한테는)
상혁이만 오고 지네(친정에)
가고 친정이 돈 10원
하나 보태 주었나,
이제는 국물도 없다.
나에게 의논 없이 대진 전세 놓
고 32평짜리
상혁이 이름으로 집 사고
마치 지네가 벌어서
산 것 같이 (이제 이 집도)

2017년 5월 8일

그래 다희 어미는 친정에서
10원 한 푼 보태 주었나?
그래 나 뒷집에 봉헌하고
뒷집 양로원어
대우받고 살 것이다.
어제 어버이날
오늘은 상혁 아버지
생신 시아버지 생신에
미역국 끓어 드리려 오지
않고 친정에 가고
(대진아파트) 전세
내어 지네 집 사고
대진이 지네 건가?

14 June Monday

5 June 2010

나와 ☺ 우리 친정 엄마가
(밤 잠 안자고 별일 집)
돈 인데ㅡ 정말 괘심하다
(따리 어 버 을는 전화
한통 없다 시아버 생신)
아차~ 어머이 놈인데
미역국이라도 끓여
주어야 되는가~ 안심가?
그래 봐라) 다 기록하여
(대고 전세 네 에 지비
집 삿에 더 아싱은
없다) 원청이도 어머니
전화 1통

7 July 2010

5월 8일
2014년
어머이 놀이자 (아버지)
생신 이 곧만 천하)
1통 없다 아슬이나 며느리
그래 해 봐라ㅡㅡ
(노인 정)에 기부하고
우리가 거기서 귀가
할 태니 (원청이도 아버지)
생신 이라도 전화 1통
어버님이 라도 전화 1통 없
그래 그래라 국옥도
없다 (다) 너의 함
가름) 이제 우리가
늘 으면 대우 받는점

June 15 Tuesday

나와 우리 친정 엄마가
(밤 잠 안자고 벌은 집)
돈인데, 정말 괴씸하다.
다희 어미는 전화
한 통 없다. 시아버지 생신
이자 어버이 날인데
미역국이라도 끓여
주어야 되는 것 아닌가?
그래 봐라, 다 기록하여
(대진 전세 내어 지네
집 샀으니 더 이상은
없다. 웅철이도 어버이날
전화 한 통

2017년 5월 8일

어버이 날 이자 (아버지)
생신 이건만 전화
한 통 없다. 아들이나 며느리
그래 해봐라.
(노인정)에 기부하고
우리가 거기서 기거
할 테니 (웅철기도 아버지)
생신이라도 전화 한 통
어버이날이라도 전화 없었다.
그래 그래라. 국물도
없다. 다 너희 할
나름, 이제 우리가
늙으면 대우받을 집

5월8일
2017년
뒷집에 가면 (아듸)
아줌마 산 연 얼 마른거
잡지 썬다) 우리 내외)
가 몸이 어려면 아줌
마 산2 살꺼이나 -
너희는 10원도 바라지
마) 자식 아무 소용
없이 상혁이는 이미
(대진 아파트) 전세
내어 지내 집 샀지?
지끼로 10원 들었다~

5월8일
2017년
상혁 아버지 생신 인데
큰며느리가 미역 경여 주려
오기나 하나 세버지 찬데
전화 했다고 그래누구
그때문에 지비침 지니고
사는데 - 그리 그래봐
상혁이로, 라이 어미로
(전화 안 빨리)
└아버지 생신이라 미역.
국 끙여 적기를 하나
전화 1통 외나? 누구
그때문에 그깊 지미
정이라고 사는데--?

(앞장에 이어)
뒷집에 가면, 아니…
아줌마 쓰면 얼마든지
잘 지낸다. 우리 내외가
몸이 어떠면 아줌마
쓰고 살 것이니,
너희는 10원도 바라지
마, 자식 아무 소용
없이 상혁이는 이미
(대진아파트) 전세
내어 지네 집 샀지?
저거 돈(지네 돈) 10원 들었나?

2017년 5월 8일

상혁 아버지 생신인데
큰 며느리가 기역국 끓여 주려
오기나 하나. 시아버지 한테
전화했다고, 그래 누구
때문에 지네 집 지니고
사는데, 그래 그래봐라.
상혁이도 다희 어미도
(전화 안 받고)
(아버지 생신인테 미역국)
끓여 주기를 하나.
전화 한 통 있나? 누구
때문에 그 집 지네
집이라고 사는데?

일기장 해설

5월 8일의 일기는 무려 여덟 장에 걸쳐 이어지며, 더 이상 '하루의 기록'이 아니라 끊임없이 밀려오는 감정의 파도에 가깝다. 날짜는 같지만 내용은 조금씩 다르고, 문장은 단절되며, 감정만 반복된다. 서운함 · 배신감 · 분노 · 절망이 교차하면서 하루의 경계 자체가 사라진 것이다.

어머니는 자식들을 "형식적인 효자", 남편을 "바람기 있다"고 표현하지만, 이는 사실을 향한 비난이 아니라 버려졌다는 마음이 만든 방어적 언어에 가깝다. "믿지 않겠다", "오지 말라", "양로원에 맡기겠다"는 말 역시 미워서가 아니라, 더 이상 상처 받지 않기 위한 결심이었다.

이 시기 일기에는 맥락보다 단서 단어들 – '전화 한 통', '5만원 봉투', '복지관', '밥 먹기 싫다' – 이 반복적으로 남는다.
이는 사실을 기억한 것이 아니라, 감정을 붙잡는 표식에 가깝다. 기억은 무너졌지만 감정의 방향은 일관되었고, 사랑이 깨진 자리에 의심과 망상이 자라났다. 남편의 외출은 '바람'이 되고, 복지관의 할머니들은 '경쟁자'가 된다.

이 여덟 장은 여러 사건의 기록이 아니라, 하나의 감정이 반복 재생된 기록이다. 치매는 기억을 지우는 병이지만, 때로는 지워지지 않는 감정이 고통을 되풀이하게 만든다는 사실을 이 일기만큼 뚜렷하게 보여주는 기록도 없다.

의학적 해설

이 시기의 연속된 기록은 감정기억의 과잉활성과 사건기억의 붕괴가 공존하는 전형적 중기 치매 양상이다.

같은 날짜의 반복은 시간 지남력 상실과 함께, 기억의 단절을 메우기 위한 정서 반복행동으로 해석된다.

'전화', '봉투', '복지관' 같은 단어의 반복은 언어적 내용보다 감정 표식으로서 남은 것으로, 뇌의 변연계가 인지보다 우선 작동하고 있음을 보여준다.

가족과 남편을 향한 불신은 피해망상과 애착손상의 결합으로, 외로움이 망상적 형태로 변형된 결과다.

결국 이 시기의 어머니는 사실 기억이 감정의 기억으로 대체되는 단계, 즉 현실 판단력은 무너졌지만 감정의 통증만 남은 정서 잔존형 중기 치매에 이르렀다고 볼 수 있다.

18 June Fring

5월 8일
2017년
큰며느라 늦게
사 버서 생신에 (기억)
죽고 안 긇여 주고
지니 친정에 간 전화도
안 받고 싸워도 아무르
이문제 인가 하의 다의 어미
한태 오는 선거날 2017년
5월 9일 선 이건만
다의 어미 한태 전화 한통
없다 오래 니가 그래라
대전 아파트 - 아짇을 (5월9일)
이름이라 미정이가 먼서와 가는
이 약서망 잠간 왔다 갔다
휴거와 화장지 > 모란 광이라
두라는

2017년 5월 9일
상혁이 아버지와 모란광 가서
민용 (고리) 사서서 국 끓였다 미정이가
싸갈래 준 쿠키라 박서방, 가든, 땅
가든이가 볍이 예 쁘 젔라 지미 (권)
할머 한테 감보양 가라고
그래라 > 상혁이가 다의 어머
싸욌다 그러 오늘은 나의리 차해가
되였다 - - 그러 부부싸움은
찬 무 베기지 - - 오늘 상혁이가
전화 되서 밖은 음성으로 화해
해라며 부부가 그래라 그런다
2017년 5월 8일
어버이날 지니 아버지 생신
옹천이로 전화 1통 없다
미정이로 아버지 생신 이건 줄라고
안는라 - 도대체 이래도
유산은 바래 아무로 없다
누구 1 화니 유산 이야기
해바라 - - 상혁이

2017년 5월 8일

큰 며느리라는게
시 아버지 생신에 미역
국도 안 끓여주고
지네 친정에 가 전화도
안 받고 싸워도 아마도
이 문제인가? 아직 다희어미
한테 오늘 선거 날 2017년
5월 9일 이건만
다희 어미한테 전화 한 통
없다. 그래 너거가(너희들이) 그
래라.
대진 아파트 아직은 내
이름이다. 미정이가 민서와 가
은이 박서방 잠깐 왔다 갔다.
휴지와 화장지 두고는, 모란장
이라

2017년 5월 9일

상혁이 아버지가 모란장가서
민물(고디-을갱이) 사와서 국 끓
였다. 미정이가
왔길래 좀 주었다. 박서방, 가
은, 민서
가은이가 많이 예뻐졌다.
지네 (친) 할머니 한테 갈 모양.
가라고
그랬다. 상혁이가 다희 어미와
싸웠다 더니 오늘은 (어찌 화해
가) 되었다고, 그래 부부싸움은
칼로 무 베기지. 오늘 상혁이가
전화 와서 밝은 음성으로 화해
했다며 부부가 그렇지 그런다.

2017년 5월 8일

어버이날 지네 아버지 생신
웅철이도 전화 1통 없다.
미정이도 아버지 생신인지 묻지
도 않는다. 도대체 이래도
유산을 바래. 아무도 없다.
누구 하나 유산 이야기
해 봐라…상혁이

일기장 해설

왼쪽 면은 여전히 5월 8일이다. 그날의 서운함은 하루로 끝나지 않았다. "큰 며느리가 미역국도 안 끓여주고, 전화도 안 받는다." 이 말은 단순한 불평이 아니라, 어머니가 '관계 속에서 느끼는 '소외의 증거'였다. 실제 사실과 상관없이, '자신이 제외됐다'는 감정이 핵심이었다.

오른쪽 면, 5월 9일 일기는 흥미로운 반전을 보여준다.
"상혁이 아버지와 모란장에 다녀왔다."
여기에는 오랜만에 평온한 문장이 등장한다. 어머니는 잠시 현실을 인식하며, 자식들의 행동을 이해하려는 듯한 태도를 보인다. "부부 싸움은 칼로 물 베기지" 이 한 문장은 분노로 가득 찬 이전의 글들과는 달리, 삶을 이해하고 받아들이는 이성의 회복기로 읽힌다. 그러나 이 평온은 오래가지 못한다.

같은 페이지의 아래쪽, 다시 "5월 8일"이 나타난다. 그녀는 불현듯 다시 과거로 돌아가 "어버이날인데 전화 한 통 없다"고 반복한다. 그 순간, 이성의 끈이 놓이고 감정의 파도가 또 한 번 밀려온다.
단 하루 만에 이해와 분노, 수용과 절연이 뒤섞이는 이 양상은, 기억과 감정의 축이 분리된 '감정의 고리'를 그대로 보여준다. 결국 5월 8일과 9일은 서로 다른 날의 기록이 아니라, 같은 감정이 되풀이된 하루였다.

이날 어머니는 실제로 하루를 두 번 살았다.
한 번은 이해하며, 또 한 번은 원망하며.

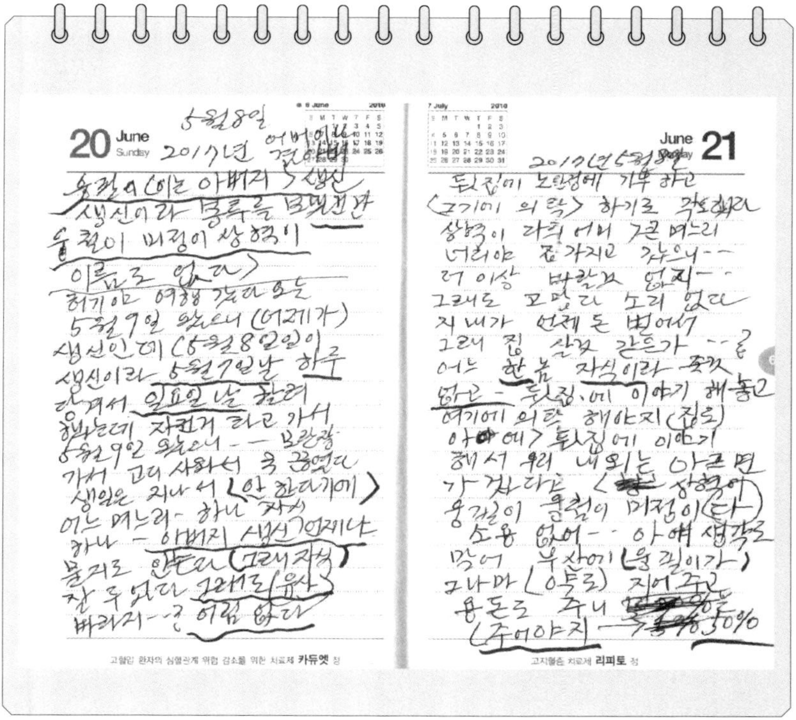

20 June Sunday — 5월8일 / 2017년 어버이날

용철이 (이는 아버지 생신) / 생신이라 블록을 보였건만 / 용철이 버릇이 상했으니 —
이르노코 않다) / 하기야 여행 갔다 오는 / 5월7일 왔으나 (여기가) / 생신인데 (5월8일이) / 생신이라 5월7일날 하루 / 앞겨서 일요일 날 짐 차려 / 하느라 자건거 타고 가서 / 5월9일 왔으니 — 보란걸 / 가서 고기 사와서 죽 끓였다 / 생일은 지나서 〈안 한다기에〉 / 어느 며느라 하나 자세 / 하나 — 아버지 생신이어쩌나 / 물러도 안된다 (그래 자석) / 참 우었다 그래도 〈유사〉 / 버리지 — 2 어렵 않다

21 June Sunday — 2017년 5월8일

퇴직이 노란정에 기무 하고 / 〈그기의 의력〉 하기로 각오하라 / 상혁이 라희 어버 근 머리 / 너리야 좋가지고 갔으나 — / 더 이상 바랄것 없지 — / 그래도 고맙다 노리 없다 / 지 내가 선제 든 버어서 / 그러 집 살것 같은가 — ? / 어느 한 놈 자식이라 쭉찍 / 없다 — 퇴직, 에 이야기 해 놓고 / 여기에 의탄 해야지 (집이) / 아예 〉 퇴직에 이야기 / 해서 우리 내외는 아르면 / 가 것라도 〈 상혁이 / 용걸이 용철이 미정이 (타) / 소용 없어 — 아 여 생각도 / 막어 무자이 (용걸이가) / 그나마 (야크로) 지어 주고 / 용돈도 주니 50% / 〈주어야지 —

어버이날 겸 아버지 생신
웅필이는 아버지 생신이라
봉투를 보냈건만
웅철이 미정이 상혁이는
이름도 없다. [봉투를 보내지
않았다]
하기야 여행 갔다 오늘
5월 7일 왔다. (어제가)
생신인데 5월 7일날 하루
당겨서 일요일날 하려
했는데, 자전거 타러 가서
5월 9일 왔으니, 모란장가서 고
디 사와서 국 끓였다.
생일은 지나서 (안 한다기에)
어느 며느리 하나 자식
하나, 아버지 생신 언제냐
묻지도 않는다. (그래 자식)
잘 두었다. 그래도 유산
바라지? 어림 없다.

뒷집에 노인정에 기부하고
(거기에 의탁) 하기로 각오하자.
상혁이 다희어미 큰 며느리
너희야 집 가지고 갔으니,
더 이상 바랄 것 없지,
그래도 고맙다 소리 없다.
지네가 언제 돈 벌어서
그래 집 살 것 같은가?
어느 한 놈 자식이라 줄 것
없고, 뒷집에 이야기해 놓고
거기에 의탁해야지. (집도)
아예 뒷집에 이야기
해서 우리 내외는 아프면
가겠다고, 상혁이
웅필이 웅철이 미정이 다
소용없어. 아예 생각도
말아. 부산에 웅필이가
그나마 (약도 지어주고)
용돈도 주니
주어야지 -> 50%

일기장 해설

어머니의 마음은 여전히 5월 8일에 멈춰 있다.

그날의 분노와 상처는 시간이 지나도 식지 않았고, "어버이날이자 아버지 생신인데 아무도 오지 않았다"는 문장은 기억이 감정에 고착된 상태를 보여준다.

현실의 시간은 흘렀지만, 어머니의 내면은 전화가 오지 않던 그 오후에 머물러 있다. 이 시점에서 어머니는 "자식은 필요 없다", "돈만 있으면 된다", "양로원이 낫다" 같은 단정적 언어를 사용한다.

이 글은 누군가를 향한 호소가 아니라 스스로를 설득하려는 내면의 독백이다. 특히 '기부'나 '양로원' 같은 구체적 선택지를 언급하는 것은 감정의 혼란 속에서도 미래를 통제하려는 마지막 의지의 흔적이다.

한 페이지 안에서 결심과 후회, 그리움과 미움이 교차하는 이 이중 감정이 이 시기의 일기를 특징짓는다.

이 시기의 반복된 기록은 정서기억 고착과 의미 망 붕괴가 병행되는 치매 중기 진행단계의 정형적 양상이다.

"어버이날–생신–양로원"이라는 동일 사건의 반복은, 새로운 기억이 형성되지 못해 감정이 과거 한 지점에 고정된 기억의 루프 현상을 보여준다.

'기부', '양로원' 등 구체적 대안 언급은 잔존한 실행기능의 흔적이지만, 곧 이어지는 후회와 번복은 자아 통합력 붕괴로 인해 유지되지 않는다.

감정이 분노→결심→후회로 급변하는 것은 전두엽–변연계 간 조절 실패로 인한 정서 불안정성의 전형이다.

결국 이 시기의 어머니는 이성과 감정의 교차 구간, 즉 '현실 인식은 흐릿하나 자아의 흔적은 잔존하는 단계'에 머물러 있으며, 임상적으로는 정서 지지 중심의 접근(공감·확인요법) 이 가장 필요한 시점이라 할 수 있다.

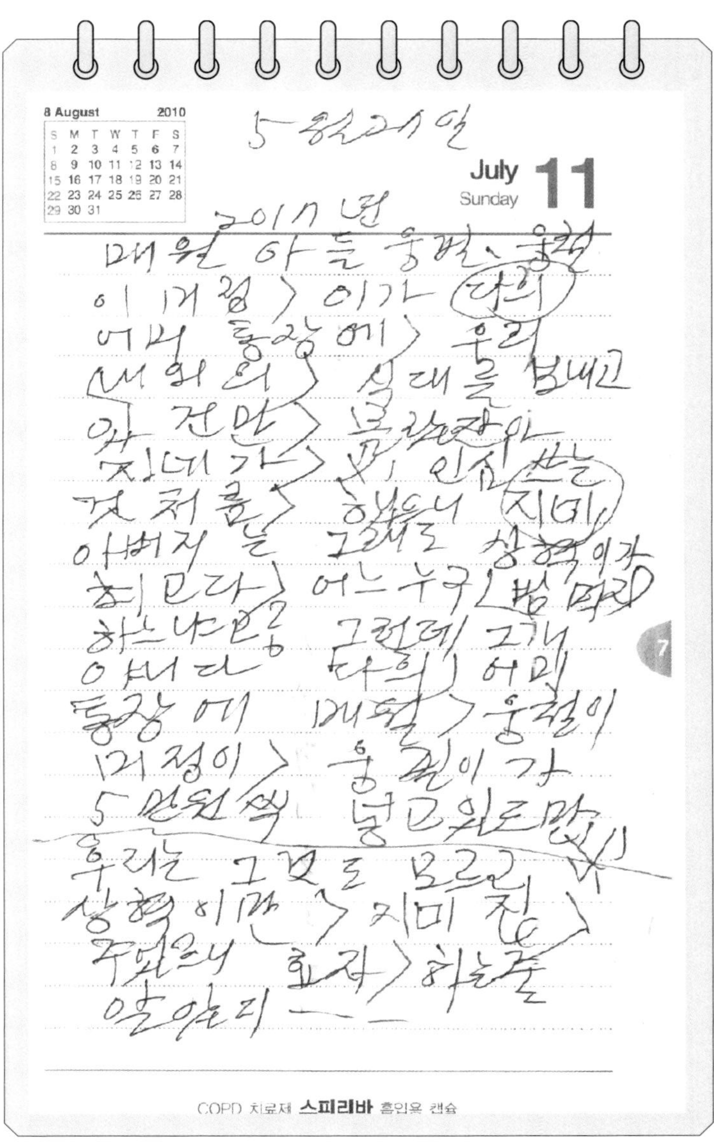

매월 아들 웅필, 웅철
이 미정이가 다희
어미 통장에 우리
내외의 식대를 보내고
있건만 몰랐 잖아.
지네가 ※인심 쓰는
것처럼 했으니 지네
아버지는 그래도 상혁이가
최고다. 어느 누구 밥 먹자
하느냐고? 그런데 그게
아니야. 다희 어미
통장에 매월 웅철이
미정이 웅필이가
5만원씩 넣고 있더만
우리는 그것도 모르고
※상혁이만 지네 집 주었으니 효도하는 줄
알았지…

일기장 해설

오랜 분노의 폭풍이 지나가고, 이날의 일기에는 한층 다른 결이 묻어난다. 이전까지는 모든 자식이 원망의 대상이었다.
"아무도 오지 않았다", "전화 한 통 없다"던 그날의 분노가, 이제는 한 사람 — 첫째 며느리를 향한다.
"내 통장에 들어오는 돈, 그게 다 내 덕인 줄 알았지."
어머니는 가족들이 매달 식대를 보내고 있었다는 사실을 이날 처음 인지한다.
(부연설명)
그것은 4남매가 매월 5만 원씩 모아 나중에 대소사가 생기면 그때 쓰기로 한 돈이었다. 어머니는 그 돈으로 첫째가 밥 사주며 생색을 낸다고 오해를 한 것이다.

그러나 그것이 감사나 안도감으로 이어지지 않는다. 오히려 "그동안 몰랐다"는 점에서 서운함이, "효도라 여겼던 일이 실은 돈 때문이었다"는 배신감이 함께 뒤섞인다. 이 장면은 치매가 단순히 기억을 잃는 병이 아니라, 감정을 재배열하는 병임을 여실히 보여준다.
그녀의 분노는 멀리 있는 자식들에게서 점점 가까이로 이동한다. 이제 그녀의 시야에 남은 사람은 오랜 시간 얼굴을 봤고 가장 가까웠다고 생각한 첫째 며느리이다.

사람의 마음이 가장 가까운 존재에게 기대듯, 그 기대가 충족되지 않을 때 가장 큰 분노로 돌아오는 것이다.

2001[?]년 6월 13일 (화요일)

우리는 자식 복이 있나봐
다들 착하며 (주님) 감사
합니다 (부디 부디) 우리
아들 (상혁이) 지혁이
웅철이 미령이 >가령 가령
건강 주심시고

2017년 6월 18일
강원도 경상 북도 울진군
북면 이주 오지 (시그렇길)
구비 구비 (울진 — 안동 — 오지 —
금강송 (자총) (3) 이제 사렬
하느 있다) 이렇게 오지에 그래도
사람이 사나봐 또 조금 배려오니
눈물 있오 (쪼바묵가) (적종)
자꾸 색여 라닌[illegible]

2017년 6월 13일 (화요일)

우리는 자식 복이 있나 봐
다들 착하지. (주님) 감사
합니다. (부디 부디) 우리
아들, 상혁이, 지혁이
웅철이, 미정이 가정 가정
건강 주십시오.

2017년 6월 18일

강원도 경상북도 울진군
북면 아주 오지 (12령 길)
구비구비 (울진 − 안동 −오지−
금강송, 자송) (모) 이제 사*
하고 있다. 이렇게 오지에 그래도
사람이 사나 봐. 조금 내여 오니
논도 있고 (소나무가)(적송)
자주색이라고 자송

일기장 해설

오랜 불안과 분노가 잠시 잦아든 기록이다. 6월 13일, 어머니는 오랜만에 "우리는 자식 복이 있나 봐. 다들 착하지. 주님 감사합니다"라고 적는다. 몇 주 전까지 자식들에 대한 서운함으로 가득했던 마음이 이 순간만큼은 감사와 기도로 바뀌어 있다.

이는 감정이 회복되었다기보다, 마음의 무게가 잠시 가벼워진 순간에 '믿음'이라는 마지막 의지에 기대 스스로를 다독인 시간처럼 보인다.

며칠 뒤 6월 18일의 일기에는 강원도 여행길 풍경이 담긴다.
"북면 아주 오지, 구비구비… 사람이 사나 봐, 눈도 있고 소나무가 자주색이라네."
단어마다 여유가 있고, 풍경을 바라보는 감각이 되살아난다. 이것은 오랜만에 되찾은 '일상의 감각'이다.

이 시기의 기록은 치매가 진행 중이어도 감정이 한 방향으로만 흐르지 않음을 보여준다. 극심한 혼란 속에서도 잠시 평화와 감사가 찾아오고, 그 순간 어머니는 여전히 자식의 이름을 부르며 기도하고 있었다.

이 시기의 기록은 치매 진행 중 나타나는 감정의 파동과 일시적 회복 현상을 잘 보여준다.

"감사합니다", "주님" 등의 언어는 인지적 판단이 아닌 정서기억에 근거한 자동적 회상으로, 변연계가 일시적으로 안정된 상태를 의미한다.

풍경 묘사와 색채 언급은 감각 통합 기능이 잠시 회복된 결과로, 일상의 감각이 되살아나는 부분적 회복기로 해석된다.

그러나 이러한 평온은 인지적 회복이 아니라, 정신적 피로 이후의 감정 안정기, 곧 다시 혼란이 재발할 가능성이 높다.

즉, 이 시점의 어머니는 여전히 인지기능은 저하되어 있으나, 신앙·감사·가족애 등 정서적 자원이 일시적으로 작동하며 자아의 흔적을 지켜내고 있는 단계로 볼 수 있다.

2017년 7월 27일
영종도 - 다리를 놓았기에 섬인지?
분간도 못했다 내가 운전 하면
(이정표) 보며 가기 때문에 섬
사는데 그냥 따라만 가니 -
다리 건서 섬을 벗어나 보다
그들을 자고 (또) 옆에서도 (여주)
에서 오는 사람와 이야기 하고
같이 밥먹었다 나는 (정신이 없어
서) 며칠 전에 왔든 사람도 잊었다
간) 정말 큰일이다 정신 병원에
아니 (한방 병원에 가서
약을 지어 먹어 야 껬다)
서울대 병원 (신경과에 가야
겠다 내일 서울대 (봉사)
가서 (끝 써고 신경과 가야겠다
2017년 7월 26일
정말 여간이 아니다

2017년 7월 28일
자꾸만 정신이 없어 진다
큰일이다 (내일) 서울대 자원봉사)
가서 (예약) 해야겠다
2017년 7월 26일
노래 교실 강 점주 형님ㅆ
둘이서 B관 (등) 백 (3000)
(그인에 2000) 내가 3000
인데 1000 이 부족이 형님이 1000
저 내 섰다) 집에 오니 상혁이
아버지가 이러운데 - 마리
에 (잔디)를 다 깍았다)
러운데 - 그리고는 매미쿨러
자고 왔다 (이더위7에 왜그래
7월27에 하구) 상복 더워
인데 - 열린이 (방울 토마토)
(국경주령 보기는) 무는데
도마토) 정심결려 (마가지
그라서 먹고 와 모 (빈림)

2017년 7월 21일

영종도 다리를 놓았기에 섬인
지? 분간도 못 했다.
내가 운전 하면 (이정표) 보며
가기 때문에 신경
쓰이는데 그냥 따라만 가니…
다리 건너 섬을 벗어 났나 보다.
이틀을 자고 또 옆에서도 (여주)
에서 왔는 사람과 이야기하고
같이 밥 먹었다.
나는 (정신이 없어)
몇 일 전에 왔던 사람도
잊었다.
(난) 정말 큰일이다.
정신병원에
아니 (한방 병원에 가서)
약을 지어먹어야 겠다.
서울대 병원 신경과에 가야
겠다. 내일 서울대 (봉사)
가니 끝나고 신경과 가야겠다.
2017년 7월 24일

2017년 7월 25일

자꾸만 정신이 없어진다.
큰일이다. (내일) 서울대 자원봉
사 가서 (예약) 해야 겠다.

2017년 7월 26일

노래교실 김○○형님과
둘이서 모란 (닭)백숙 13,000
(2인에 26,000) 내가 26,000
인데 1,000원이 부족해 형님이
1,000 더 내셨다.
집에 오니 상혁이
아버지가 이 더운데, 마당
에 잔디를 다 깎았다.
더운데, 그리고는 맥이 풀려
자고 있다. (이 더위에)에 왜
그래 7월 27일 아주 삼복 더위
인데, 옆집에 (방울 토마토)
(주렁주렁 모기는) 무는데
토마토 정신 괄려 1바가지
따서 먹고 있다. (빈집)
시지도 않고 괜찮다.

일기장 해설

오랜 시간 이어졌던 분노의 기록이 잠시 멈추고, 이 시기의 일기에는 다시 평범한 일상이 돌아온 듯 보인다. 병원 진료, 자원봉사 예약, 친구와의 만남, 더운 여름날의 소소한 불평까지, 겉으로는 일상의 연속이다.

그러나 글의 형태를 자세히 들여다보면, 이전의 평화로웠던 시기의 일기와는 뚜렷한 차이가 있다. 문장이 짧아지고, 문맥이 끊기며, 한 문장 안에서 주어와 목적어가 뒤섞인다. 이전에는 사람과 사건을 구체적으로 묘사하던 문장이 이제는 단편적인 단어의 나열로 바뀌었다.

"자꾸만 정신이 없다"는 표현은 그 변화를 어머니 스스로도 느끼고 있었음을 보여준다.

7월 25일 이후의 일기에서는 금전 계산과 일상 대화가 복잡하게 얽혀 나오지만, 글자는 크고 흔들리며, 세부 내용이 자주 반복된다. 이는 단순한 피로가 아니라 '정보 정리 능력'의 저하 — 즉, 전두엽 기능 약화의 초기 징후로 보인다.

그럼에도 이 일기에는 여전히 삶의 의지와 인간적 온기가 남아 있다. 더위를 불평하면서도 "토마토는 시지도 않고 괜찮다"고 적고, 자원봉사 예약을 계획하며 "내일 가야겠다"고 쓴다.

감정의 조절이 어렵고 기억이 희미해지는 와중에도 '해야 할 일'을 기억하려 애쓰는 모습은 그녀의 내면 깊숙한 책임감과 삶의 질서감이 아직 남아 있음을 보여준다.

의학적 해설

이 시기의 기록은 전두엽 실행기능 저하와 언어적 구성 능력 약화가 뚜렷하게 드러난 단계다.

문장 단절과 단어 나열식 표현은 작문 계획 및 주제 유지 능력의 손실로, 알츠하이머형 치매 중기 전환기의 전형적 양상이다.

글씨가 커지고 불안정해지는 것은 운동 협응 및 공간 인식 저하를 시사한다.

그럼에도 "자원봉사", "내일 가야겠다" 같은 표현은 여전히 목표 지향 행동을 유지하려는 자아의 잔존 기능을 보여준다.

즉, 이 시기의 어머니는 인지적 기능은 약화되었으나, 일상의 의미와 역할의식은 유지하려는 자아 방어 단계, 이른바 의지–기억 분리기에 머물러 있었다고 볼 수 있다.

2017년 8월 15일
옛날 같으면 8월 15일
해방 된 날이라 (꼭)
공휴일 하고 (심)을했는데~

8월7 ㅁ사러 2째 며칠
점주 형님이 안 와서 점심도
안 먹고 집에 왔다 (임하진은)
쳐다보지도 안 한다 >(작년 배추면)
그렇게 많이 다듬어 자기비
집까지 심어다 주었건만··
이제는 인간을 > 사귀지 안기로
결심 했다 > 오늘 8월7일 아버
제사 르면 > 내가 몸이 안좋
제사 > 지내지 않기로 했다
금자! 네래 서누이가

2017년
8월
오겠다는디 (내가 몸이 안좋아)
(제사) 안지내기로 했다고~
(그러면 올께)가 얼마나 아끈나
하고 1번 와보게 하자~
화자 나. 금자) 사뉘이 뉴
돈으로 시집 갔는디~~
지비 그런수가 와나~~
우리 친정. 엄마가 이부자리 면
(호수) 다 준비 했는디
지미 가 그러면 안되지~~
그래 봐라 > 하느님이 다 아신다

2017년 8월 15일

옛날 같으면 8월 15일
해방된 날이라 꼭
공휴일하고 식을 했는데…
8월 7일 마사회 노래 교실
OO형님이 안 와서 점심을
안 먹고 집에 왔다. (임OO은)
처다보지도 않는다.
(작년 배추 며)
그렇게 많이 다듬어 자기네
집까지 실어 다 주었건만…
이제는 인간을 사귀지 않기로
결심했다. 오늘 8월 7일 아버지
제사 건만 내가 몸이 안 좋아
제사 지내지 않기로 했다.
금O 넷째 시누이가

2017년 8월

오겠다는데 (내가 몸이 안 좋아)
제사 안 지내기로 했다고
(그러면 올케) 가 얼마나 아프냐
하고 한 번 와 보기나 하지…
화O나 금O 시누이 누구
돈으로 시집 갔는데…
지네 그럴 수가 있나…
우리 친정 엄마가 이부자리 며
혼수 다 준티했는데…
지네가 그러면 안 되지.
그래 봐라, 하느님이 다 아신다.

일기장 해설

이 시기의 일기는 '분노'보다는 '자책'의 색이 짙다. "몸이 안 좋아 제사를 지내지 않기로 했다." 이 한 문장은 단순한 건강의 문제를 넘어, 자신이 평생 해왔던 '의무의 단절'을 의미한다. 어머니에게 제사는 단순한 종교적 행사가 아니라 삶의 질서이자 가족의 중심이었다.

그런데 몸이 따라주지 않아 그 역할을 내려놓는 순간, 그녀는 자신이 '가족으로서의 자리'를 잃었다고 느낀 듯하다.

이어지는 문장들에서는 그 결정을 둘러싼 주변 사람들의 시선이 등장한다. "고모들이 올케가 아프다더니 오지 않는다.""친정 엄마가 혼수도 다 준비했는데…" 이 표현에는 서운함과 억울함, 그리고 약한 현실 판단의 혼선이 동시에 드러난다.

실제로 외할머니(당시 함께 거주 중)는 일부 도움을 주었지만, 어머니의 기억 속에서는 그 일이 훨씬 크게 왜곡되어 있다. '도와준 사람'이 '모든 걸 대신한 사람'으로 바뀌고, '몸이 아파 쉬기로 한 자신'이 '약속을 어긴 사람'처럼 느껴진다.

"그럼 봐라, 하느님이 다 아신다."

이 마지막 문장은 체념과 동시에 자기 위로의 언어다. 스스로 억울함을 풀 곳이 없기에, 결국 신에게 맡기며 마음의 균형을 잡으려는 시도다.

이 시점의 필체는 이전보다 훨씬 커지고 간격이 넓다. 문장 구조도 느슨해져 있고, 시간 순서가 섞이며 8월 15일과 8월 7일이 한 페이지 안에서 공존한다.

의학적 해설

노년기에 찾아오는 우울이 인지 저하와 맞물릴 때, 감정은 종종 외부를 향하던 분노에서 자기 자신을 향한 자책으로 방향을 바꾼다. 어머니의 기록에 나타난 '제사를 그만두겠다'는 표현도 단순한 선언이 아니라, 오랫동안 지켜온 역할이 흔들리며 자존감이 급격히 무너지는 순간을 보여준다.

이 시기의 글에서는 타인의 도움을 과소평가하고 자신을 과대평가하는 문장들이 반복되는데, 이는 기억을 있는 그대로 기록하기보다는 감정이 앞서 사실을 재구성하는 상태를 시사한다. 즉, 실제 사건보다 그때의 정서가 기억을 지배하기 시작한 것이다.

글씨는 점점 커지고 행간은 넓어지며 문장은 느슨해진다. 이런 변화는 전두엽과 기저핵 회로가 약해질 때 흔히 나타나는 집행기능 저하와 시공간 처리 능력의 쇠퇴와 맞닿아 있다. 펜을 쥐는 힘, 문장을 계획하고 연결하는 흐름 등이 모두 조금씩 무너지고 있었던 것이다.

한 페이지 안에서 날짜가 섞여 나타나는 것도 중요한 신호다. 하루의 흐름과 사건의 순서를 파악하는 '시간 지남력'이 약화되고, 기억 속 사건들이 순서 없이 뒤섞이는 중기 치매 이행기의 전형적인 모습이기 때문이다.

2017년 10월 31일

상혁 아버지 76세
상혁 아버지는 (학원)
아픈 사람(간병) 교육받나 봐.
요즘은 상혁이 아버지가 (나를)
어린애 취급한다 니까…

2017년 서울대 병원
(바자회) 자원 봉사자 직원
(우리 팀) 11월 1일 수요일 했고

2017년 11월 2일
상혁 아버지와 아산?
(차 고치고)
우리 (봉고) 겨울에 따뜻하게…
여의도, 우리 남편 (최고)
우리 추울까 봐 고맙지…
참 (세월 빠르다) 우리 나이
75세, 76세. 옛날 같으면
인간 70 고려장이었는데…

2017년 11월 2일
(차 고친다고)

(정말 하느님) 감사합니다.
이렇게 건강하게 차
운전하며 (놀러) 다니니…

2017년 11월 4일

(청도 화O와 통화) 했다.
연마리아와 도미니카
만나려 했는데, 허리가 아프
다고…허기야 80세 바라보는데
(당연히) 허리 아프지. 나도
옛날 같으면 (상 늙은이) 이다.

2017년 11월 5일 일요일

상혁 내외, 다희 세 식구
가 왔다. 저녁 먹자고…
상혁 아버지가 (경산) 신천에
집이 팔렸으ㄴ 저녁 식대는
상혁 아버지 (지불) 했다.
큰 길가 불고기 좋다.

일기장 해설

이 시기의 일기에는 이전과 달리 감사와 평온의 정서가 다시 나타난다. "정말 하느님 감사합니다", "건강하게 운전하며 다니니…" 같은 문장은 어머니가 오랜만에 자신의 일상에 고마움을 느끼고 있음을 보여준다.

10월 31일에는 남편을 언급하며 유머 섞인 표현을 남기고, 이는 노년의 현실을 객관적으로 받아들이는 자기 인식의 회복을 의미한다.

11월 2일의 "여의도 우리 남편 최고"라는 문장은 이전의 분노 대신 다정함과 안정된 감정을 드러낸다.

11월 4~5일 기록에서도 가족 방문, 지인과의 만남 등 일상의 사건들을 자연스럽게 배열하며 삶의 리듬이 되살아난 모습을 보인다.

2017년 11월 초, 어머니는 짧은 평온 속에서 하느님께 감사하고, 가족에게 마음을 열며 오랜만에 삶의 온기를 다시 느끼고 있었다.

의학적 해설

이 시기의 기록은 정서적 안정과 인지적 명료성의 일시적 회복을 보여주는 매우 중요한 구간이다.

시간·공간·인물에 대한 인식이 정확하고, 문장의 논리 구조가 회복된 것은 전두엽–해마 회로 기능의 일시적 활성화로 해석된다.

"감사합니다", "우리 남편 최고" 같은 긍정 언어는 도파민 및 세로토닌 활성 증가로 인한 정서적 안정이 반영된 것으로, 이전의 우울–망상적 사고가 완화된 상태다.

이 시기의 '가족·일상·신앙' 중심 서술은 자아 회복의 흔적이며, 남편과 자녀에 대한 유머 감각의 복귀는 사회적 정서 기능의 회생을 시사한다.

따라서 2017년 11월 초의 평온기는 병리의 호전이 아니라, 신경 가소성회복 구간 속에서 나타난 감정·인지 균형의 일시적 정상화, 즉 "짧은 명료기의 창"으로 평가된다.

〈11월 12월〉

〉이석년 〉 아라다 해도〉
전화 1번 안한다 (그래)
그래 봐라〉 운래 (할 때)
운래 (장가) 가로 안갈래니
우리 엄마와〉 내가 봄장)
인자 가려 벌어서 (화라)
(공자) 시집 보냈느만
너네가 그래 해봐라
(운래 할아버지 돌아가셔도)
운래、(기래) 장가 (가로) (인간다)
화라 (공자) 누구 돈으로
시집 갔는데 니네가 그래하면
안되리 (내가 아라다 면) 1번
전화라도) 어떠누고 와보자는
안해도— (그래)도 니자식이 (최고리)
미렁이가 김장 김치로

※12월

2017년 아프다 해도
전화 1번 안 한다. 그래
그래 봐라. 운O 할배
운O(장가) 가도 안 갈 테니
우리 엄마와 내가 밤잠
안 자가며 벌어서 화O
금O 시집 보냈건만…
너 네가(너희들이) 그래 해봐라.
(운O 할아버지 돌아 가시고)
운O, 기O 장가 가도 안 간다.
화O, 금O 누구 돈으로
시집 갔는데 니 네가(너희들이) 그래 하면
안 돼지. 내가 아프다면 1번
전화라도 어떠냐 고? 와 보지는
안 해도, 그래도 내 자식이 최고지.
미정이가 김장 김치도

일기장 해설

몇 주간의 평온은 오래가지 않았다. 다시 일기 속에는 억울함과 분노의 말투가 돌아왔다. "아프다 해도 전화 한 번 안 한다." "운ㅇ 장가 가도 안 간다." "화ㅇ, 금ㅇ 시집 보냈건만…" 이 문장들은 반복적인 원망의 구조를 띠고 있다. 특정 사건이 아닌, '서운함' 그 자체가 중심이 된 감정이다.

이 시기의 특징은 기억의 부분적 왜곡이다. 어머니는 과거의 기억(고모들의 결혼식, 외할머니의 도움 등)을 마치 자신이 전적으로 책임졌던 일처럼 인식하고 있다.
"우리 엄마와 내가 밤잠 안 자가며 벌어서 시집 보냈건만…"
이 말은 사실이 아니지만, 어머니의 감정 세계에서는 "내가 고생해서 도와준 가족에게 버림받았다"는 피해의식의 내러티브로 자리 잡는다.

2017년 12월의 일기에는 치매가 깊어 가며 감정의 균형을 잃은 어머니의 내면이 드러난다. 그녀는 과거의 기억 속으로 돌아가 "내가 다 해 줬는데, 왜 아무도 나를 돌보지 않는가"를 되뇌인다.

그러나 분노의 언어 속에도 여전히 가족을 향한 사랑과 인정 욕구가 남아 있다. 분노는 결국 '사랑이 닿지 않아 생긴 울음'이었다.

2장은 어머니의 기억이 서서히 뒤틀리고, 감정의 방향이 불안정하게 요동치기 시작한 시기의 기록이다. 1장이 여전히 또렷한 현실 인식 속에서 가족과 이웃, 일상과 신앙을 꾸준히 적어내려가던 평온한 시절이었다면, 2장은 '균열의 시작'을 보여준다.

2013년을 끝으로 일기의 공백이 생기고, 2017년에 다시 등장한 기록에는 시간감각의 붕괴, 감정의 순환, 관계의 혼란이 서서히 드러난다. "요즘 세월 가는 줄 모르겠다"는 말은 단순한 관용구가 아니라, 시간 인식의 흐림이 시작된 첫 신호다. 일기는 더 이상 하루의 일과를 담지 않고, 감정이 밀려올 때마다 불규칙하게 적힌다.

문장의 구조 역시 변하기 시작한다. 주어와 서술어가 어긋나고, 날짜가 역전되며, 한 페이지 안에서 서로 다른 시점의 사건이 병치된다. 이는 기억의 선형적 배열 능력이 약화된 상태, 즉 인지 기능이 서서히 흔들리는 초기 치매의 전형적 형태다.

내용 면에서는 여전히 가족에 대한 감사와 종교적 언어가 남아 있지만, 그 사이사이로 의심과 불신이 끼어든다. "여자가 잔소리하면 남자는 여자 따라간다", "자식 믿을 건 없다" 같은 문장들은 감정 조절 기능의 저하를 보여주는 대표적 변화다. 이 시점의 어머니는 아직 이성적으로 세상을 인식하지만, 감정의 무게가 사고를 압도하기 시작한다.

특히 2017년 5월의 일기들은 어버이날을 중심으로 한 정서 폭발기로, 가족의 방문을 '기쁨'이 아닌 '결여의 확인'으로 받아들인다.

"다희 어미도, 다희도, 다영이도 안 왔다"는 반복은 기억의 오류라 기보다, 사랑받지 못했다는 감정의 메아리다. 이는 기억의 왜곡이 감정의 결핍을 보완하려는 심리적 반응으로 나타나는 치매 중기의 전형적 현상이다.

이 시기의 어머니는 여전히 주변의 이름을 기억하고, 일상적 언어로 문장을 구성하지만, 그 언어는 점점 '사건의 기록'이 아닌 '감정의 기록'으로 바뀐다. 기억은 흩어지지만, 감정은 선명해진다. 가족에 대한 서운함, 남편에 대한 불신, 그리고 자신이 버려질 것이라는 두려움이 반복적으로 등장한다.

그러나 그 속에서도 어머니의 내면에는 이성의 잔불이 남아 있다. "고맙다", "줄 수 있을 때 줘야 한다", "그래도 자식은 고맙다"는 표현들은 여전히 남아 있는 '관계의 온기'를 붙잡으려는 인간적 노력이다.

2장은 결국, 이성과 감정이 교차하며 균형을 잃어가는 시기를 보여준다. 기억의 질서는 무너지고, 사랑은 의심으로 바뀌며, 감사와 분노가 한 페이지 안에서 공존한다. 하지만 그 혼란 속에서도 어머니는 끝까지 글을 썼다. 그것은 병의 기록이 아니라, 사라져가는 자신을 붙잡으려는 마지막 언어적 저항이었다.

요약하자면, 2장은 치매의 초기에서 중기로 넘어가는 정신적 경계의 기록이며, 한 인간이 '잊혀짐'의 문턱 앞에서 어떻게 스스로의 존재를 증명하려 했는지를 보여주는 가장 인간적인 장이다.

2장은 치매의 초기에서 중기로 이행하는 전환기적 병리 과정을 보여준다. 이 시기의 특징은 인지 기능이 부분적으로 유지되지만, 감정 조절과 기억 배열 능력이 서서히 흐트러지는 것이다.

우선 언어와 글의 구조 변화가 눈에 띈다. 날짜와 사건의 순서가 혼재되고, 주어와 목적어의 관계가 불명확해진다. 이는 전두엽과 측두엽간의 연결 기능 저하, 즉 시간적 순서화 능력의 손실로 인한 현상이다. 또한 "요즘 세월 가는 줄 모르겠다" 같은 문장은 단순한 표현이 아니라 시간 지남력의 약화 신호다.

감정적 내용이 주를 이루며, '섭섭함', '서운함', '의심'이 반복적으로 등장하는 것은 편도체-해마 회로의 불균형으로 인해 감정이 기억보다 우위에 서는 '정서 우세형 치매'의 양상이다.

가족을 향한 불신, 남편에 대한 의심, 일상의 왜곡된 재해석 등은 피해형 사고로, 현실 판단력 저하의 초기 징후다. 그러나 여전히 이름, 지명, 사건이 구체적으로 등장한다는 점은 기억의 핵심 영역(해마)의 기능이 완전히 소실되지 않았음을 보여준다.

이 시기의 어머니는 감정이 폭발적으로 흔들리지만, 동시에 신앙과 도덕적 사고를 유지하며 스스로를 다독이려 한다. 이는 잔존 자아가 여전히 작동하고 있다는 의미로, 병리적 붕괴 속에서도 인간적 존엄의 흔적이 남아 있음을 시사한다.

제3장

무너지는 기억, 감정의 파국

2018년 2월 17일

구정 쉬고 부산 작은 아들
내려가고 (웅철이는 애들)
만 왔다. (시가집을) 지네
발 밑에 때 택도(조차) 안 되는
지
그래 봐라, 못 된 것 같으니
(지네) 친정이 잘 되나…

※ 2018년 2월 23일
내 나이 76세 (자동차) 면허증
(갱신했다) (신갈 자동차)
이제 마지막 이겠지…
요즘은 운전도 거의 안 했는데,
자꾸 해 봐야 겠다.

2018년 영세
석웅철(토마스)
2008년 12월 8일
하OO 며느리 → 12월 22일
(크레센시아) 영세

(바다는 묻고)
산은 대답한다.

2018년 4월 16일
(이O 딸 결혼식)
(석지혁 힐라리오)
(상혁 아버지)

2018년 3월에
검진검사
아이고 허리야 왜 이래
난 더 얼마나 살 거 라고…
살아봐야 알지…
허리가 이렇게 아프니
세상 귀찮다. 아침에
일어나기가 힘들다.

일기장 해설

2018년 2월부터 4월까지의 일기는, 어머니가 기억의 경계선에서 스스로를 잃지 않으려 애쓰던 시간을 보여준다.

2월 17일 기록의 "부산 작은 아들 내려가고…", "면허증 갱신했다. 마지막이겠지…" 같은 문장은 여전히 날짜와 사람을 적으며 자신의 존재를 붙잡으려는 의지를 드러낸다. 치매가 깊어져도 그녀에게 기록은 "나 아직 살아 있다"는 조용한 증명이었다.

4월 16일에는 "허리가 이렇게 아프니 세상 귀찮다"는 말이 등장하며, 신체의 고통이 곧 삶의 쇠퇴를 자각하는 언어로 바뀐다. 이 무렵 남긴 "바다는 묻고, 산은 대답한다"는 문장은 혼란과 체념 사이를 오가는 내면의 독백처럼 읽힌다.

2월과 4월 사이의 공백 속에서도 감정은 계속 이어졌다. 가족을 떠올리고, 몸의 상태를 적으며, 하루를 잊지 않으려는 마음이 반복되었다. 시간은 흐트러졌지만 감정은 끊기지 않았다. 이 시기의 일기는 점점 기억보다 몸의 감각을 중심으로 하는 기록으로 변하고, 허리 통증 · 피로 · 운전의 불안 같은 단어들은 그녀가 세상과 이어지는 마지막 감각이었다.

기억이 무너져도 몸의 느낌은 남았고, 그 감각은 "내가 아직 존재한다"는 어머니의 마지막 증거였다.

2018년 3월 2일

정말 큰 일이다.

김성순 내가 정신이 너무 없다.
(어쩌면 좋아) (정신병원에)
가야 겠다. (내가) 정신이 너무
없으니 (상혁)이 아버지를
많이 괴롭히는 것)같다)
(예산)일이(여간일이) 아니다. 내
생일이라
오늘 아이들이 온 다는데
(걱정스럽다)

2018년 3월 4일 일요일

내 생일은 음력 1월 20일
인데, 1월 20일 음력,
오늘 3월 4일 일요일이니
상혁이 가족, 미정이 가족
왔다. (음식점에서) 점심
먹었다.

2018년 3월 4일 생일

다희 어미 큰 며느리가 봉투
를 주기에 상혁 아버지에게
주었다.
그랬더니, 가은, 민서에게
상혁 아버지가 한 푼씩 주는
것
같다. 점심값은 아마도
박서방이 (미정이 네가)
옷도 사주고 점심값도
미정이 냈다 네.
스카프도 예쁘다.
(내가) 이 집 팔면 다
그만큼 해야지. (둘째)
부산(웅필이도) 꼭 봉투
보낸다. 10만원
다희네 10만원
미정이가 10만원

일기장 해설

2018년 3월 2일부터 4일까지의 일기는, 어머니가 자신의 정신적 변화와 혼란을 스스로 자각하기 시작한 순간을 보여준다

문장은 또렷하지만, 내용의 연결은 흔들리고 있다. "내가 정신이 너무 없다"는 표현은 단순한 피로가 아니라, 점점 흐려지는 자신을 향한 불안의 고백이다. "정신병원에 가야겠다"는 말 역시 더 이상 예전처럼 생각과 감정을 통제할 수 없다는 자각에서 나온 것이다.

그러나 혼란 속에서도 어머니의 중심은 여전히 가족이다. "내 생일이라 아이들이 온다는데 걱정스럽다"는 문장은 그 두려움 속에서도 가족을 향한 애정과 책임감이 남아 있음을 보여준다.

3월 4일의 일기에서는 생일에 가족이 함께 식사한 일을 차분하게 기록한다. 장소, 이름, 금액까지 세세하게 적어 내려가는 모습은 흩어지는 기억을 붙잡으려는 마지막 노력처럼 읽힌다. "다희너 10만 원, 미정이 10만 원" 같은 구체적 숫자 기록은 기억의 불안을 이성으로 정리하려는 시도이기도 하다.

이 시기의 기록은 치매가 깊어지는 와중에도 감정과 존엄의 잔광이 여전히 남아 있음을 보여준다. 문장은 점점 흐트러지지만, '가족'이라는 단어만큼은 흔들리지 않았다. 그것이 어머니가 자신을 잃지 않기 위해 붙잡고 있던 마지막 언어였다.

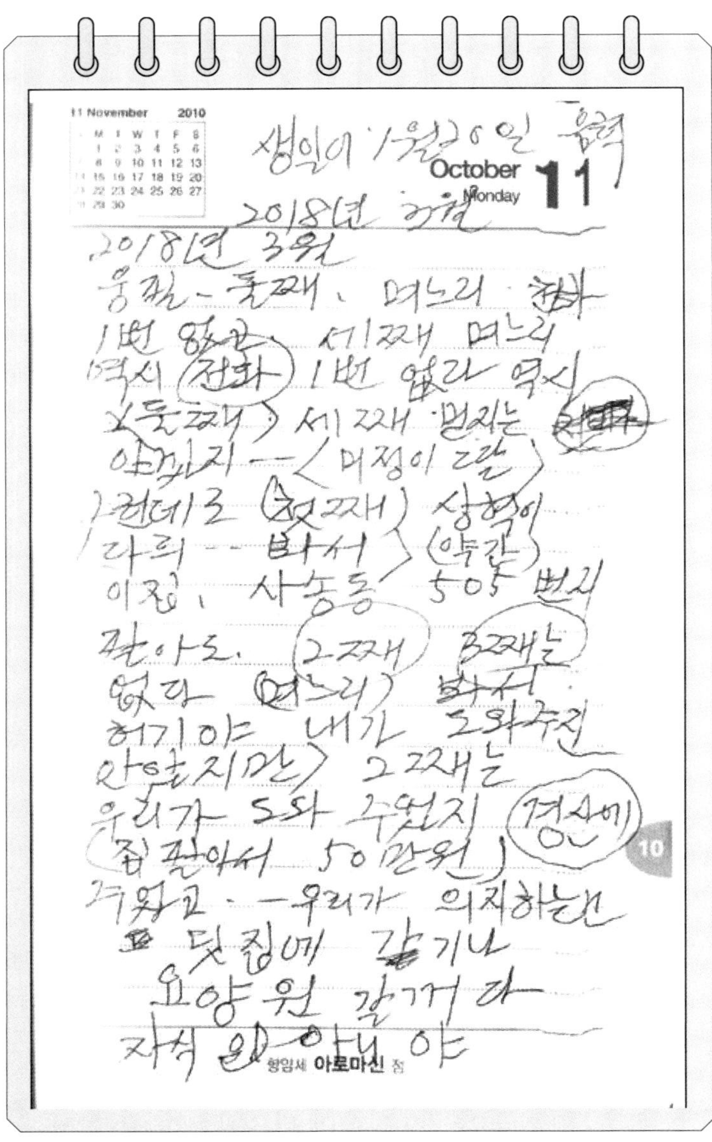
생일이 1월 20일 음력
2018년 3월
2018년 3월
응자~ 둘째, 며느리 전화
1번 왔고, 세째 며느리
역시 (전화) 1번 없고 역시
(둘째) 세째 편지는
안외지 ~ (미정이 그간)
그런데 3 (첫째) 상혁이
다리 ~ 봐서 (약간)
이집, 사흘등 50원 편지
괜아도. (2째) 3째는
없다 (며느리) 봐서
허기야 내가 소화추진
안왔지만) 2째는
우리가 5와 4월지 (경자에)
집 괜아서 50만원)
주와고 ~ 우리가 의지하는건
덧 집에 갈기나
요양원 갈꺼다
자석 인 아나 야

생일이 1월 20일 음력
2018년 3월

웅필 둘째, 며느리 전화
한 번 없고 셋째 며느리
역시 전화 한 번 없다. 역시
(둘째), 셋째 믿지는
안겠다. (미정이 딸)
그런대로 (첫째) 상혁이
(다희 봐서) (약간)
이 집, 사송동 505번지
팔아도 둘째, 셋째는
없다. (며느리) 봐서
허기야 내가 도와주진
않았지만 둘째는
우리가 도와주었지. 경산에
집 팔아서 50만원
주었고, 우리가 의지하는 건
뒷집에 가거나
요양원 갈 거다.
자식은 아니야.

일기장 해설

2018년 3월 6일의 일기는, 어머니의 생일 직후에 쓰인 기록으로 보인다. 3월 4일 가족이 모두 모여 생일을 축하했지만, 불과 이틀 만에 그 기억은 완전히 사라지고 "둘째, 셋째 며느리 전화 한 번 없다"는 원망만 남아 있다. 치매가 중기 단계로 접어들며 현실의 시간과 감정의 시간이 엇갈리기 시작한 흔적이다. 기억은 사라졌지만, 감정의 여운이 강하게 떠올라 서운함이 '배신'처럼 느껴진 것이다.

이날 어머니는 실제와 달리 "자식은 아니야"라고 적는다. 이는 가족의 행동 때문이 아니라, 사라진 기억이 감정을 왜곡한 결과이다. 치매 환자에게 자주 나타나는 감정적 오해의 전형적인 양상이다.

그럼에도 기록은 여전히 구조를 갖추고 있다. 날짜, 인물, 장소, 금액까지 정확히 적으며 "사송동 505", "경산에 집 팔아서 50만 원 주었다" 같은 구체적 정보가 반복된다. 이는 어머니가 현실 감각 자체를 완전히 잃은 것은 아님을 보여준다. 하지만 문장마다 섭섭함과 분노가 섞이며 감정의 폭은 점점 커진다.

마지막 문장 "요양원 갈 거다. 자식은 아니야."는 단순한 분노 표현이 아니다. 가족에게서 멀어질지도 모른다는 불안과 자기 인식이 투사된 말이다.

이 일기는 결국, 기억의 결핍이 관계의 왜곡으로 이어지는 순간을 보여주는 기록이며, 어머니가 치매 속에서도 자신의 변화와 고립을 두려워하고 있음을 드러낸다.

상혁이가 다희 어미, 다영이
왔다. 내가 막 점심 먹고
나니 왔다. (오후 2시가 넘어)
고기를 사왔는데…오세요.
시간이 몇 시야,
2시가 넘었는데
나 혼자 막 점심 먹고 나니
온다. 온다고 연락도 없이
상혁이 다희 어미 다영이
셋이 와서 고기 구워 먹으며
오세요. 내 혼자 막 점심
먹고 왔는데 왔다.
온다고 했으면 점심
안 먹고 기다리지. 내가 막 점
심 먹었 다니
지네끼리 (다희 아비) 다희
어미, 다영이 셋이서 고기
구워 먹고 갔다. 오면 은
온다고 점심 같이 먹자고
하든지…지네끼리
고기 구워 먹고 갔다.

2018년 4월 일요일
이렇게 늦은 시간에 올 거면
엄마 점심 같이 할 것이니 기다
리세요. 라고 하지
오후 2시 넘어서 와서 지내끼리
고기 구워 먹고 갔다.
그래도 우리 집에서 고기 구워
먹었다. 하기야 (냉장고)
보니 고기 조금
남기고 갔다. (올 거면)
전화라도 하고 같이 먹자
고 해야, (오후) 2시가 넘어서
온다. (원님 덕에) 나팔부는
꼴이네. 그리고
지네끼리 먹고 다희 한테
간다며 나갔다.
시외가 유OO 시누이 한테
전화 왔다. (오랜만이다)
2018년 4월 15일

일기장 해설

이 일기는 2018년 4월 15일, 즉 봄날의 한가운데서 쓰인 일상적 기록이지만, 어머니의 내면에서는 '기억의 왜곡'과 '감정의 증폭'이 동시에 일어난 장면으로 읽힌다.

그날 첫째 아들 가족이 점심을 함께하러 온 것은 사실이지만, 어머니의 기억 속에서는 "연락도 없이 늦게 와서 자기들끼리 고기 구워 먹고 갔다"는 서운한 사건으로 변했다. 치매가 진행되면 시간의 순서와 맥락은 흐려지고, 감정만이 강렬하게 남는다. 이 일기 역시 "섭섭함"이라는 감정이 기억을 덮어버린 전형적인 사례다.

그날도 당연히 식사할 것이라고 연락드리고 갔건만, 전화 연락 받은 건 잊고 갑자기 등장한 것으로 표현하셨다. 반복되는 "연락도 없이 오고", "고기 사왔는데 오세요" 등의 문장은 혼란스러운 기억의 단편들이 얽혀 있는 모습이다.

그럼에도 흥미로운 점은, 기록의 구조가 여전히 명확하다는 것이다. 날짜, 사람 이름, 시간, 사건이 정확히 나열되어 있어, 여전히 '현실의 틀'을 잡으려는 의식이 남아 있음을 보여준다.

이날의 기록은 단순한 일상 메모를 넘어, 감정의 ㅈ·화상처럼 읽힌다. 현실에서는 단지 점심을 함께한 평범한 하루였지만, 어머니의 일기 속에서는 "기다림과 외로움, 그리고 잊힘의 상처"로 자구성된다. 치매는 기억을 빼앗지만, 감정은 오히려 더 깊어진다. 그날의 사랑스러운 가족의 방문이 그녀에게는 "갑자기 등장해 지들끼리 밥 걱었던 날의 서운함"으로 남은 것이다.

이 시기의 기록은 기억 재구성 오류와 감정 우위 회상이 교차하는 대표적 사례다.

실제 사건의 순서와 원인이 흐려지고, 감정이 그 자리를 채우는 것은 해마와 편도체 간의 불균형 작동으로 인한 전형적 인지 왜곡이다.

"연락도 없이 왔다" 같은 서술은 사실의 소실이 아니라, 기억의 공백을 감정으로 메우는 보상적 왜곡의 결과로 해석된다.

한편 날짜·인물·사건이 여전히 정확히 나열된 점은, 전두엽 실행기능 이 부분적으로 잔존하여 '현실의 틀'을 지탱하고 있음을 시사한다.

결국 이 시기의 어머니는 현실의 시간선이 끊어졌으나, 감정의 시간선만은 여전히 강렬히 이어지는 정서 주도형 인지 구조로 진입한 상태였다.

5월 27일날 일요일
상혁 아버 생신안데
상혁 아버지 음력 (일요일)
8월 13일 양력 (5월 27일
일요일데 — 그래 바라 —
손자 소용 없어 > 사 죽고)
제사) 안 바라니 죽드디에
제사) 무슨 소용 > 없다
부산에는 그렇다 너무 멀리
있으니 --> 허지만 우리는
8월 13일 어머님 생신에로
꼭 갔오라 > 여행 삼아..
그래 이제 생신이고 (뭐고)
오지 마라 능철, 웅천이
안와도 우리 생신 잘
지낸다

5월 27일날 일요일

상혁 아버지 생신인데
상혁 아버지 음력(일요일)
8월 13일 양력 (5월 27일)
일요일인데, 그래 봐라.
손자 소용없어, 나 죽고
제사 안 바라니 죽은 뒤에
제사 무슨 소용없다.
부산에는 그렇다. 너무 멀리
있으니…하지만 우리는
8월 13일 어머님 생신에도
꼭 갔었다. 야행 삼아…
그래 이제 생신이고 뭐 고
오지 마라. 웅필, 웅철이
안 와도 우리 생신 잘
지낸다.

일기장 해설

2018년 5월 27일, 아버지 생신날의 일기는 단순한 불만처럼 보이지만, 그 안에는 기억의 혼란, 감정의 왜곡, 고립감의 깊어짐이 함께 담겨있다.

어머니는 "손자 소용없어, 나 죽고 제사 안 바라니…"라고 적으며 자신의 존재감이 희미해진다는 불안을 토로한다. 실제로는 가까운 가족들이 모두 방문했지만, 어머니의 기억 속에는 "오지 않았다"는 감정만 남아 있었다.

치매가 진행되면 사실보다 감정의 잔상이 우위를 점해 섭섭함이 현실처럼 각인된다. 흥미롭게도 이 일기에는 날짜와 인물 등 구조적 기록은 정확하지만, 감정의 부분에서는 "오지 마라", "그래 콰라" 같은 단문이 반복되며 감정의 폭발과 피로가 그대로 드러난다. "오지 않아도 된다"는 말도 사실은 "와줬으면 좋았을 텐데"라는 바람이 뒤섞인 역설적 표현이다.

이 기록은 결국 기억의 결핍이 관계의 단절로 느껴지는 순간, 그리고 잊혀가는 두려움 속에서 흔들리는 어머니의 마음을 보여준다.

이 시기의 기록은 기억 왜곡과 정서 과잉 이 절정에 이른 단계로, 치매 중기 후반부의 전형적 정동 인지 불균형을 보여준다.

사건의 사실적 요소(날짜·인물)는 정확하지만, 감정 영역으로 넘어가면 서술이 단절되는 것은 해마–전두엽 간 연결 저하와 편도체 과활성의 결과다.

"오지 마라", "무슨 소용 없다"는 표현은 실망의 언어이자 소외감과 존재감 상실에 대한 방어적 투사로 해석된다.

또한 반복되는 짧은 단문 구조는 감정 폭발 후 언어 처리 속도 저하와 집행기능 피로의 신경심리학적 징후다.

결국 이 시기의 어머니는 사실기억보다 감정기억이 지배하는 정서 우세형 인지 구조로 이행하였으며, 그 감정의 핵심은 분노가 아니라 잊힘에 대한 실존적 공포였다.

2○18년
5월 31일 목요일
" 30일 어저께는 서울
서울대 병원 자원봉사
하고 ~ 오늘은 5월31일
서현 노래 교실 갈려 했드니
개혁주 행님이 (사) 온라인
안오신라고 그래서 나도
안 갈라 > 2018년6월
1일 상혁이 아버지와
여행 하기로 하였다 (부산)

2○18년 6월3일 일요일
한동안 좀 (조용했라)
부산에서 (동2이 녹라)
화 농고는 — (편안 하니)
이제 (문초가) 나오라
(성요양) 다 그래라

부서고 봉주리 가지고
잡아 죽인라고 > 미쳐서
발였다 (상혁이 한테)
전화 하고 ◎너죽인라고
엣뿐 근초가 또 나온다
쌘뿐 술먹고 그래리 부스ㅍ
하드니 한동안 (좀)조용
하다 했드니 어저는
눈 잠갈라고 ——
그래 이제 이제 (이른)
해 주가 > 부산 여자
(마산) 생각 하며
살아 > 그래 만족
까지 > 해주며
모른 (아로마산)

2018년 5월 31일 목요일

서울대 병원 자원 봉사
하고, 오늘 5월 31일
서현 노래 교실 갈려 했더니
김OO 형님이 나 온다고
안 오신다고 그래서 나도
안 갔다.

2018년 6월 3일 일요일
한동안 좀 (조용했다)
부산에서 (즐거이 놀다)
와 놓고는 미안 하니
이제 (곤조가) 나온다.
(성모상) 다 때리

(앞장에서 이어 짐)

석종길
상혁 아버지가
부수고 몽둥이 가지고
잡아 죽인다고, 미쳐서
날 뛴다. (상혁이 한테)
전화하고 너 죽인다고
옛날 곤조가 또 나온다.
맨날 술 먹고 때려 부수고
하더니 한 동안 좀 조용
하다 했더니 어쨌던
날 잡겠다고‥
그래 이제 이혼
해 주마. 부산 여자
마산 생각하며
살아. 대리 만족
까지 해주며
모른 척

2018년 6월
3일 - 빵 뱅이로 (쓸)
죽인다고 > 옛날 군조가
나왔어 > 나는 피했다
죽이면 > 나만 손해니
내가 잘못 했었슬 아니
이혼 > 이혼 할려고 --
법원에 가서 서류 때
올려 햇는데 -- 많은
일원 그래 -- 정말
늙어서) 나이가 80줄데
여지찮레 미쳐주
죽인다고) 그래 누가
알면 내가 잘못

2018 년 6월 2일
했는줄 알꺼라 나는
차에 가서 숨어 있었고
죽고나면 모든이 죽은
나에게 덥어 쉬우니
(생병) 섬보쌍 때려부신)
꼬) 미산 그여자
생각 하며 젊을때 >
군조가 나와 나의
머리를 때려 부서
죽인다고) 정말 가련다
죽은자는 말이 없라
나는 피 햇다 X
차에 숨어 있었다

2018년 6월 3일

방망이로 날
죽인다고, 옛날 곤조가
나왔어. 나는 피했다.
죽으면 나만 손해 니
내가 잘못했을 줄 아나
이혼, 이혼하려고
법원에 가서 서류 떼
오려 했는데, 오늘은
일요일. 그래, 정말
늙어서, 나이가 80줄에
여자한테 미쳐서 날
죽인다고, 그래 누가
알면 내가 잘못

2018년 6월 1일

(옆면에서 이어 짐)
했는 줄 알 거다. 나는
차에 가서 슴어 있었다.
죽고 나면 모조리 죽은
나에게 덮어 씌우니
(성모상 때려부수고)
곤조, 마산 그 여자
생각하며 젊을 때,
곤조가 나와 나의
머리통 때려 부셔
죽인다고, 정말 가짠타.
죽은 자는 말이 없다고
나는 피했다. ※
차에 숨어 있었다.

9 November Tuesday

November 10 Wednesday

2018년 6월 2일

참… 결혼 초기에 (친정)
엄마 (같이 산 죄로) 맨날
술 쳐 먹고 때려 부수고
밤 12 ~ 1시에 오며
강장 부리고(억지부리고)…친정
엄마
같이 산 죄로 참고 살았
는데 이제 나이가 80줄로
들어서면서 마산에
여자와 연애한다고
눈에 보이는 것이 없어.
(옛날) 곤조가 나왔다.
다 때려 부수고
(미친 질) 한다.
나도 그래 이혼할 때는
해도 죽고 나면

(옆면에서 이어 짐)
죽은 자는 말이 없다고…
방망이 휘두르며
미친 질 하는데 나는
숨었다 차에. 술 쳐 먹고
죽인다고 술도 안 먹었다.
(본 정신인데) 지가 지은 죄
묵살하려고 정말 내가
이러고 살아야 되나?
미정이가 고기 사오고 해서
또 어제의 강장(억지)은 잊
었다. (내가 정말 바보)
내일 법원 가자 하려
했는데, 아이들 온 다니
성모상 때려 부순 건
말짱하게 치웠다.

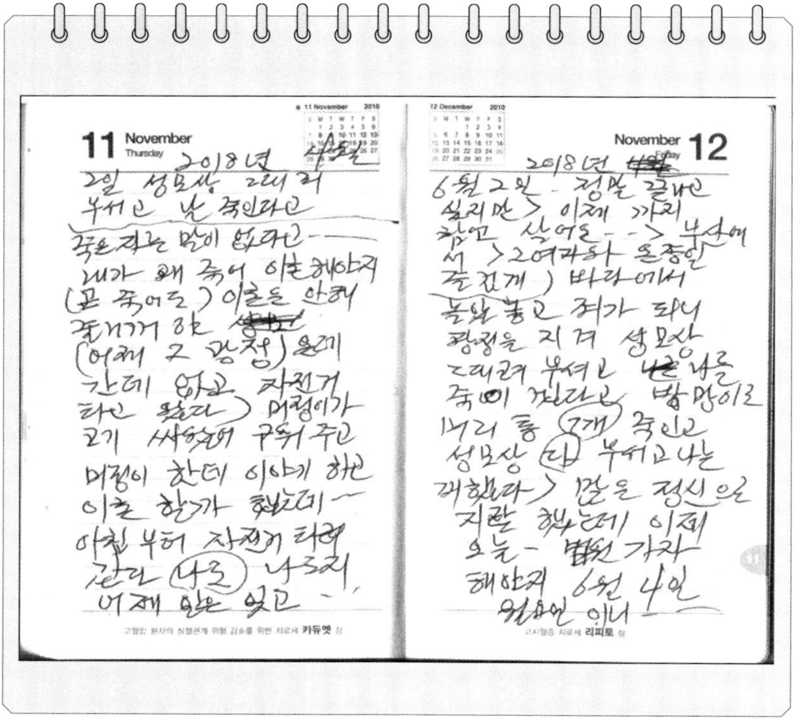

11 November
Thursday
2018년
2일 성묘상 그러러
부쉬은 났 죽인라고
죽은자는 말이 없다고 —
내가 왜 죽어 아는 해야지
(꼭 죽어도) 이른는 안해
죽기기 한 울고
(어쩌 그 광청) 울게
간데 없고 자전거
타고 있다) 머령이가
그기 써었어 구쉬 주고
머령이 찬데 이아게 하고
이른 한가 했는데 —
아침 부터 자전거 타려
간다 났으리
어제 알은 있고 —

November 12
Friday
2018년
6월 2일 · 정말 끝나고
실지만 > 이제 까지
참고 살어 ——> 부산에
서 >그여라하 온중일
줄 건게) 바라 어서
놀와 놓고 쥐가 되니
광정을 지겨 성묘상
그러러 부쉬은 났남을
죽이 거라고 방망이로
1비리 통 (7개) 죽이고
성묘상 다 부쉬고 나는
깨했라) 맑은 정신으
지관 했는데 이제
오늘 — 법원 가자
해안저 6월 4일
월요일 이니

2018년 4월 2일

성모상 때려
부수고 날 죽인다고
죽은 자는 말이 없다고…
내가 왜 죽어. 이혼해야 지.
(곧 죽어도) 이혼은 안 해
줄 거야.
(어제 그 광정–광기) 온데
간데없고 자전거
타고 갔다. 미정이가
고기 사와서 구워 주고
미정이 한테 이야기하고
이혼할까 했는데,
아침부터 자전거 타러
갔다. 나도 나도 지
어제 일은 잊고…

2018년 6월 2일

정말 끝내고
싶지만, 이제까지
참고 살아도, 부산에서
그 여자와 온 종일
즐겁게 바다에서
놀아 놓고 죄가 되 니
광정(광기)을 치며 성모상
때려 부수고 나를
죽이 겠다 고, 방망이로
머리 통 깨 준이고
성모상 다 부수고 나는
피했다. 맑은 정신으로
지랄했는데 이제
오늘 법원 가자
해야지. 6월 4일
월요일이니,

성묘상ㆍ다 때려
우셔ㅡ> 아이들 오라니
말짱 하게 치워 놓으
언제 그랬느냐ㅡㅡ등
눈 뜻 으로 (나흘)
정말 나흘리ㅡ) 이혼하
려 법원 간다 하면ㅡㅡ
정말ㆍ(마산) 그여자외
실은 저녁 째머나게
놓아 놓고 (죄) 되니
이제 그대려 우시그
(정말 내가 바보지)
이래즈 살아야허
자전거 타 려
나 갈려 놓근는
놓게 왔다

2018. 6 November 14
이런 머천놈라 (또)
살아야 되나 그래너
내가 (바보지)
내가 열 바나젓리ㆍ내가
이럿번 천번 바보지
미정이 분려 놓고 (외는)
자전거 타니 나흘어
저녁 늦게 왔다
어제 저녁 에 (다 그때려)
우셔 놓고ㅡ> 말짱해게
치웠다 아이들에게
드림 까 봐서) 애들은
내가 무슨 소리 해서
지미 아버지가 그럤다
한꺼야ㅡ (미천것)
(만산 여자 되 진중빌)
따라 여서 재머나유게
놓아 놓은ㄴ (조가)

성모상 다 때려
부수고 아이들 온 다니
말짱하게 치워 놓고
언제 그랬 느냐…
는 뜻으로 (나도
정말 나도 지) 이혼하
려 법원 간다 하면
정말, 마산 그 여자와
실컷 재미나게
놀아 놓고 죄 되니
이제 때려 부수고
(정말 내가 바보 지)
이래도 살아야 돼
자전거 타러
나갔다 놀고는
늦게 왔다.

2018년 6월 4일

이런 미친놈과 또
살아야 되나. 그러니
내가 (바보 지)
내가 얼 빠졌지…내가
열 번 천 번 바보 지.
미정이 불러 놓고 지는
자전거 타고 나갔어.
저녁 늦게 왔다.
어제 저녁에 다 때려
부서 놓고, 말짱하게
치웠다. 아이들에게
들킬 까봐 애들은
내가 무슨 소리 해서
지네 아버지가 그랬다
할거야. (미친 것)
(마산 여자와 진종일)
바다에서 재미나게
놀아 놓고는(죄가)

(앞장과 이어짐)
되니 집에 와서 입다물
게 하려고 미정이 불러
놓고 지는 자전거 타러
가서는 밤늦게 왔다.
(내가 이래서 바보 지)
이혼, 참…이혼이 이래 안 쉽다.
성모상 다 때려
부순 것 다 어디 두었 노.

2018년 6월 4일 월요일
이혼 수속,

6월 4일 새벽 3시
내 가슴 묻혀 있는
감정(지방 법원)
석종길 (외도)(부산 완도)
여자 두고 남의 여자

석종길 이혼해 준다 니
자기가 불륜 인정하니
그 여자 전화 받고 수영장
둘이서 악수하고 그의 남편이
있고 나도 있는데 미쳤어.
이 집도 (석종길 것) 아니야
(대진APT)도 내 거야.
이 집도 사송동 505번지
대진APT 105동 1504호
내 것, 경산에 땅도 넘어가는 것
내 돈으로 잡았다.
한 때는 즐거 웠으면 한 때는
써야지(괴로워야지) 나이 들면 뭔가
정신을 차려야지. 지가 뭐
28세 청춘이라고 남의 여자와
악수하고 그 여자의 남편이
있는데

2018년 6월 4일

월요일 바다에서
둘이서 몇 시간을 논다.
정말 (가짧다) 지가 뭐
28 청춘이라고 물에서
몇 시간을 논다. 그의 남자는
거의가 다 죽어 간다.)
환자인지 빠짝 말랐다.
정말 가짧다. 둘이서
물에 (바다)에서 시간
가는 줄 모르고 논다.
나이가 77세 상 노인인데…

현충일
2018년 6월 4일

우야겠노(주님) 어찌 남편의
정신이 돌아 돌아 버렸 나요?
우야꼬, 지금 이 시각도
횡설수설, 우야꼬
천상 정신병원 가야 겠
어요. 우야겠노, 자꾸만
횡설수설. 다 때려부수고…
지금 금방 달해 놓고도
모르고, 우야겠노.

2018년 6월 6일 현충일
수요일 서울개 봉사가는
날인데 (공휴길이라) 안 갔다.

2018년 6월 5일

저렇게니게 가 막 인 마음
예전 마어 몰랐다 아레 좀
괜찮은 줄 알앗더니 세상이
무섭다 우야꼬노 - - 정신 병
정말 무섭고 무섭다 (거롯) 만
너무 잔 하고 (메추리)
어리 겪어느리 손 그래 지믄
보면 안께라 나는 손
안댓는데 지R가 격어 와서
저 종아리) 지가 깨려 흥으
내가 (메추리) 먹어서 자거
ㄹ대 려라고 (저 메추리)
지믄 하라 햇아지 (와처음
왜 저러 (정신) 병자가
되 왓느지 안 되껏어
이믄 해아 좀 캄캄 .

한개 햇드니 자기손으로
메 초리 격어 놓고 내가
좋아리 때렷다 - - ?
손 메로 손도 안되썻으니
지믄 표면 안거 안
이야 아주 그눔 다 대려
부서고 (애를 부른대니)
삭 다 치워 놓 . .
메초리 어디다 두쓰노
(내가) 지 라라 때렷다니
(내가 메추리) 에 손도
안되쓰으니 지믄 오우도
확인 될꺼 야느 왜 저러
되왓노 (한심하다) 부산
에 그 여자 생기노
저 렇게 달라 졋나 - ?

2018년 6월 5일

저렇게 악인 인줄
예전 미쳐 몰랐다. 이제 좀
괜찮은 줄 알았는데, 세상에
무섭다. 우야겠노…정신병
정말 무섭고 무섭다. (거짓)말
너무 잘 하고 (메추리도–회초리도)
어디서 꺾었는지, 손, 그래 지문
보면 알 거다. 나는 손
안 댔는데 지가 꺾어 와서
지 종아리 지가 때려놓고
내가 (메추리–회초리) 꺾어서 자기
때렸다고 (저 메초리–회초리)
지문 하라 해야지(아이참)
왜 저래(정신) 병자가
되었는지, 안 되겠어.
이혼해야 좀 잠잠

(옆면에서 이어 짐)
한가 했더니 자기 손으로
메초리– 회초리 꺾어 놓고 내가
종아리 때렸다….?
난 매(회초리) 도 손도 안 댔으니
지문 보면 알 거야.
이야 아주 그냥 다 때려
부수고 (애들 부른 다니)
싹 다 치워놓고…
매초리 어디다 두었 노
(내가) 지 다리 때렸 다니
(내가 매초리)에 손도
안 대었으니 지문으로도
확인될 거야. 왜 저래
되었노. (한심하다) 부산
에 그 여자 생기고
저렇게 달라졌나?

당시 상황 설명

이 일기는 2018년 6월 3일부터 어머니가 아버지에게 두들겨 맞았다는 흥분된 내용이 며칠째 이어진다.

사실은 이렇다. 어머니와 아버지는 가끔 차박을 하시며 전국일주를 하신다 짧게는 1박2일부터 길게는 4~5일 정도 차박을 하신다. 그렇게 차박을 하시며 만난 비슷한 연배의 친구들도 사귀셨다. 그중 한 부부(마산에 거주하심)와는 꽤 자주 연락을 해가며 여행을 하셨다. 그 부부 중 아주머니는 상당히 활달하고 여러 가지 재주가 많으신 듯했다. 지방 장터의 노래자랑에서 상도 타고, 어느 지방 축제에서 물고기 손으로 잡는 행사에도 참여해 몇 마리씩 잡아오기도 하셨다 한다. 아마 어머니는 그분이 꽤 멋지다 생각하시면서도 질투심이 있었던 것 같다.

문제는 그 아주머니와 아버지가 바람을 피운다고 망상에 젖어 있었다. 일기장 내용에도 나오듯, 아버지가 그 아주머니와 바닷가에서 옷 벗고 (수영복만 입고) 마치 연인처럼 즐겁게 뛰고 놀았다는 것이다. 그녀의 남편은 얼마전 위암 수술을 해서 어머니 옆에서 그 꼴을 보며 우셨다 하고, 몇 시간을 그렇게 뛰어 놀았다는 것이다. 그날 갑자기 그 말을 꺼내자 아버지는 황당해하시며 말도 안 되는 소리 하지 말라, 했지만 어머니의 망상은 확고했다.

계속 추궁을 하자 아버지는 화가 나서 "제발 정신 좀 차리라고 하며 탁자 위 성모상을 바닥에 던져 버리셨다 했다. 이 일은 어머니에게 엄청난 충격을 주었다. 이 사건 이후 어머니의 망상은 더욱더 확고해지며, 아버지와의 모든 관계가 비정상적으로 이어진다. 아버지가 그런 행동을(성모상 집어 던진 것) 하신 것은 잘못되었지만, 어머니의 망상에 큰 전환점을 맞이하게 되는 것 같다.

일기장 해설

이 사건은 2018년 6월 초, 어머니의 기억 속에서 현실이 완전히 왜곡되며 '망상적 신념'으로 굳어진 결정적 전환점이었다. 겉으로는 부부 싸움의 한 장면처럼 보이지만, 그 속에는 망상형 치매(또는 알츠하이머의 정신증적 증상)의 전형적인 구조가 드러난다.

어머니의 일기에는 "아버지가 마산 아주머니와 바닷가에서 옷 벗고 놀았다", "그 남편은 울었다", "며칠째 그 생각이 머리에서 떠나지 않는다" 같은 서술이 반복된다. 이는 실제 사건이라기보다 감정의 재구성된 환상이다. 어머니는 활달하고 능동적인 그 아주머니에게 매력을 느끼면서도 동시에 자기 자신이 뒤처졌다는 열등감과 불안을 느꼈고, 그것이 '질투'와 '피해망상'으로 바뀌었다.

이때의 망상은 단순한 질투가 아니라, 존재 위협을 느낀 결과였다. 오랜 세월 동반자였던 남편이 다른 여인에게 마음을 준다고 느낀 순간, 어머니의 마음속에서는 "내 자리는 사라진다"는 두려움이 폭발했다. 따라서 이 망상은 사랑의 반대가 아니라, 오히려 "존재 확인을 위한 마지막 몸부림"에 가까웠다.

아버지는 처음엔 어머니의 말을 믿기 어려워 "말도 안 되는 소리"라며 부정했지만, 반복되는 추궁과 고함 속에서 결국 "제발 정신 좀 차리라"며 성모상을 던지는 행동으로 분노를 표출했다. 이 장면은 어머니에게 "신이 나를 버렸다"는 충격으로 각인되며, 이후 망상은 더 공고해졌다.

그날 이후 어머니의 인식 구조는 완전히 뒤틀렸다. 아버지의 모든 행동이 '그 여자를 만나려는 신호'로 해석되었고, 일상은 의심과 분노의 순환 속에 갇혔다. 즉, 이 사건은 단순한 부부 갈등이 아니라, 현실 인식이 감정 중심으로 전환된 분기점이었다.

2018년 6월의 이 사건은 치매성 정신증이 본격적으로 발현된 시점으로, 피해망상과 질투망상이 결합된 전형적 양상이다.

사건의 구조는 해마(기억) 기능 저하로 인한 사실 기억의 왜곡 위에, 편도체의 과활성으로 정서 반응이 과 증폭되며 현실 판단이 무너지는 신경학적 경로를 따른다.

"마산 아주머니", "옷 벗고 놀았다" 같은 반복 서술은 내적 불안의 외부 투사로, 실제 사건이 아닌 감정의 재구성이다.

성모상 사건을 '신의 버림'으로 인식한 것은 신앙과 현실 판단의 융합 장애로, 사고의 통제 기능을 담당하는 전두엽 손상과 관련된다.

이 시점의 어머니는 현실 검증력이 거의 소실된 상태로, 감정적 진실이 인지적 사실을 완전히 대체한 망상 전이기에 도달한 상태였다.

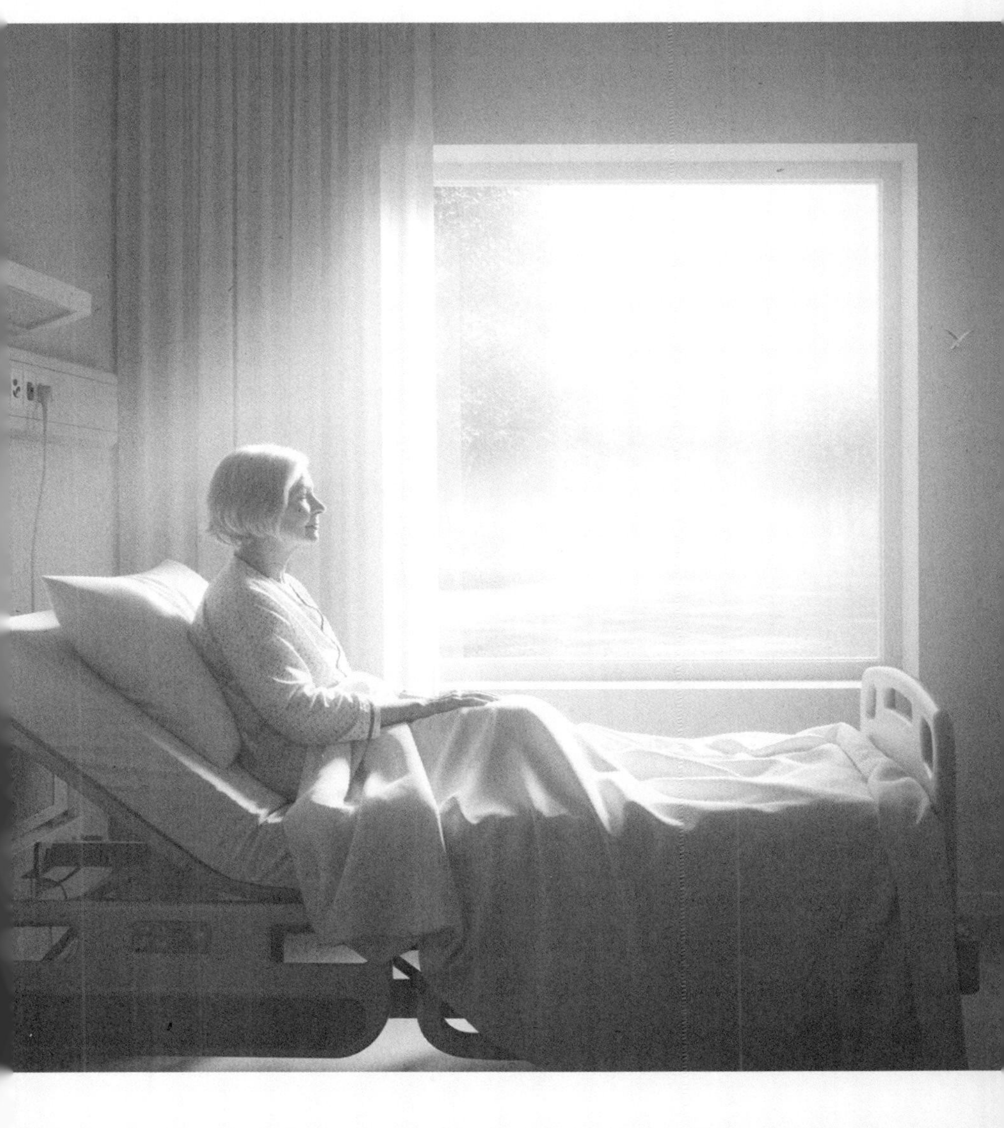

2.2180년
6월8일 금요일. 오전 10시 상혁아버지
는 어디 간다고 말없이 나갔다
친구들과 놀노 간다고...?
갔다오라고 2018년5월
〈속초항〉 상혁이 아버지와
둘이 드라이 갔다 왔다 놀
〈속초 가자고 -- 자구라집〉
우리 아들 욷하 마음 사람
속초에 서 회집 한다
반가워 하면서 (회)
생선 2지개 먹고 왔다
2018년 6월
이럴 때 노 멀쩡 한대
신경이 이상이 있다 니...
상혁아와(수술) 신평없드냐.
의사가 나는 못들었에
심 각 하다고 참 한다

수술 해야 한다니 -- 해야지
그래 행동이 이상 하드라
든지고 2개고 2 왜그렇느나니?
가는 모른다고 -- 그래도 나는
뇌에 이상이 있다고 --
약간은 생각 했지만 --
자기는 알고 있으며 --
상혁이와 하루라도 빨리
해야지 --(박 내복G)
수술 해서 멀쩡 하드만
가는 정말 꺼쳐 생각
못하네 내원이라도 랑장
입원 해야지~ 2018년
6월10일 그래서 어제
상혁이 온다니 -- 어디 가자
했다

2180년
6월 8일 금요일,

오전 10시 상혁 아버지
는 어디 간다고 말없이 나갔다.
친구들과 놀러 간다고…?
갔다 오라고, 2018년 토요일
(속초항) 상혁이 아버지와
둘이 드라이브 갔다 왔다.
(속초 가자고, 자주가는 집)
우리 (아름) 아름마을 사람
속초에서 횟집 한다.
반가워하면서 회
생선찌개 먹고 왔다.

2018년 6월

이럴 때는 멀정 한데
신경이 이상이 있다니…?
상혁이와 (수술) 신경과 갔더니
의사가 나는 못 들었는데
심각 하다고 한다.

수술해야 한다 니…해야지.
그래 행동이 이상 하더라
던지고 깨고? 왜 그렇느냐니?
나는 모른다고… 그래도 나는
뇌에 이상이 있다고…
약간은 생각 했지만..?
자기는 알고 있으며…
상혁이와 하루라도 빨리
해야지. (박OO氏)
수술해서 멀정 하더만
나는 정말 미쳐 생각
못했네. 내일이라도 당장
입원해야지~~.2018년
6월 10일 그래서 어제
상혁이 온다 니…어디 가자
했다.

일기장 해설

이날의 일기는 겉으로는 차분하지만, 현실 인식이 갈라지는 분기점을 보여준다. 6월 8일 기록에서는 "신경이 이상이 있다니… 심각하다고 한다"라며 자신이 진단받은 듯한 두려움을 드러낸다.

그러나 다음 페이지(6월 9~10일)에서는 방향이 완전히 바뀐다. "행동이 이상하다니… 그래 행동이 이상하단다. 나는 모른다. 그래도 나는 뇌에 이상이 있다고…"라는 문장은 자신의 문제를 인정하지 못하고 남편의 문제로 돌리는 방어 반응이다.

이날 실제로는 아버지·어머니·아들이 함께 병원에 가 어머니의 증상을 상담했던 날이었다. 하지만 어머니의 기록에는 그 맥락이 사라지고, "상혁이 아버지가 수술해야지", "그의 행동이 이상하다" 같은 말만 남아 있다. 이는 자신의 불안을 타인에게 옮겨놓는 투사 현상으로, '내가 진단받았다'는 사실을 '남편의 이상을 확인하러 간 날'로 재구성한 결과였다.

문장 전체도 의문과 확신이 뒤섞여 있다. "왜 그럴까? 나는 모른다. 그래도 나는 뇌에 이상이 있다고…"–하나의 문장 안에 의심과 결론이 동시에 존재한다.

결국 이 일기는 원래는 어머니 자신의 진단 결과를 기록해야 할 날이었으나, 어머니의 인식 속에서는 남편의 이상이 확실해진 날로 뒤바뀌어 버린 기록이다.

의학적 해설

　이 기록은 부분적 병식과 부정이 교차하는 단계로, "나는 뇌에 이상이…"와 "그의 행동이 이상하다"가 공존하는 인지-정서 분열을 보여준다.

　진단 맥락을 남편 문제로 바꾸는 서술은 투사와 의미 재배열의 결합으로, 소스 모니터링 결함과 현실 검증력 저하가 기저에 있다.

　문장 전반의 의문↔확신 진동은 전두엽 집행기능 저하에 따른 양가감정/흑백화 사고 양상이며, 동일 사건을 상반 신념으로 동시에 보존하는 인지적 이중기어 상태이다.

　"진단의 날→남편 이상 확정의 날"로의 전환은 편도체 주도 정서 편향이 해마 기반 사실 기억을 압도한 결과로, 질투/피해형 망상 스키마가 고착되는 분기점에 해당된다.

　이후 서사의 "관찰자(나)-문제 대상(남편)" 고정은 자기-타자 경계 붕괴와 자기보존적 내러티브의 강화로 설명되며, 망상 체계의 경화 단계에 접어 든 것으로 보인다.

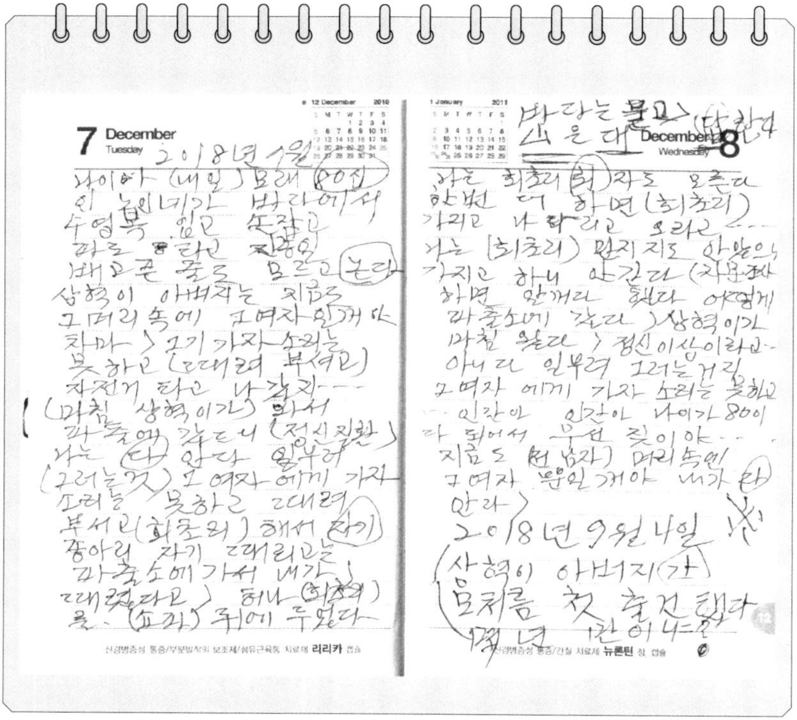

2018년 1월

바이야 (내일) 모래 (80집)
이 놀이기가 바라에서
수영복 입고 손잡고
라고 타고 지웅오
배고곤 물도 모르고 (논다)
삼혁이 아버지는 지금도
그머리 속에 그여자 있게 마
차자 → 그기 가자 소리는
못하고 (그대려 부셔리)
자전거 타고 나갔지——
(마침 상혁이가) 화서
라들여 갔드니 (정신 직원)
나는 (다) 안다 일우려
(그러는것) 오 여자 어게 가자
소리를 못하고 그대려
부서리(회초리) 해서 (자기)
좋아리 자기 그대리라고
라축소에 가서 내가
그래겠라고) 하니 (회초리)
를 (소리) 뒤에 두었다

밝다는 룰고
산 은 다 (다한4)

라는 회초리(회)자도 오른다
한번 여 하면 (회초리)
가라고 나 타라고 오라고
자는 (회초리) 만지 지도 안앙으
)지고 하나 안간다 (자유자
하면 안께리 된다 아렇게
라 춘소에 갔라) 상혁이가
마침 올르라 > 정신 이상이라-
아니라 일부려 그러는거리
그여자 어게 가자 소리는 못하고
—— 인간이 인간이 나이가 80이
라 되어서 무선 짓이야·····
지금도 (전 남자) 머리 속에
그여자 뿐일 게아 내가 (다
안라)

2018년 9월 4일
(상혁이 아버지가)
묘처름 첫 출근 했다
9 년 1월 이 나온

2018년 7월

나이가 (내일) 모레 80십
인 노인네가 바다에서
수영복 입고 손잡고
파도 타고 진종일(온종일)
배고픈 줄도 모르고 논다.
상혁이 아버지는 지금도
그 머리속에 그 여자 일거야.
차마 거기 가자 소리는
못하고 (때려 부수고)
자전거 타고 나갔지.
(마침 상혁이가) 와서
파출소에 갔더니 (정신질환)
나는 다 안다. 일부러
(그러는 것) 그 여자에게 가자
소리는 못하고 때려
부수고 (회초리) 해서 자기
종아리 자기가 때리고는
파출소에 가서 내가
때렸다고, 허나 (회초리)
를 (쇼파) 뒤에 두었다.)

바다는 묻고
산은 대답한다.

나는 회초리 회 자도 모른다.
한 번 더 하면 (회초리)
가지고 나 티리고 오라고…
나는 (회초리) 만지지도 않았으니
가자고 하니 안 간다. (지문조사)
하면 알 거다 했다. 어떻게
파출소에 갔다. 상혁이가
마침 왔다. 정신 이상이라고,
아니다, 일부러 그러는 거지.
그 여자에게 가자 소리는 못하고
인간아 인간아 나이가 80이
다 되어서 무슨 짓이냐…
지금도 (저 남자) 머리속엔
그 여자뿐 일거야. 내가 다 안다.

2018년 9월 4일 ※
상혁이 아버지가
모처럼 첫 출근 했다.
몇 년 만이냐?

일기장 해설

이 시기의 일기는 감정의 파도가 여전히 거세지만, 그 안에 희미한 이성의 회복이 보인다.

7월 기록에서 어머니는 "그 여자가 머릿속에 있다", "상혁이 아버지가 그 여자에게 갔다"고 적으며 여전히 현실과 환상의 경계를 넘나든다. 그러나 "정신이상이라고? 아니다, 일부러 그러는 거지"라는 말에서는 자신이 이상하다는 자각과 이를 부정하려는 내적 갈등이 동시에 나타난다.

"바다는 묻고 산은 대답한다"는 표현은 혼란 속에서도 균형을 찾으려는 심리의 단서다.

파출소에 간 적이 없는데도 다녀왔다고 믿는 장면은 망상이 행동 기억으로 변형되는 치매의 특징을 보여준다.
그러나 9월 4일, 아버지가 수년 만에 다시 일을 시작하면서 가정에 안정적인 수입이 생기자 어머니의 감정 구조가 크게 변화한다. 그동안의 의심과 분노는 생존 불안이 왜곡된 형태였고, 안정이 회복되자 일기에는 다시 평온한 일상 기록이 나타나기 시작한다.

의학적 해설

이 시기의 기록은 망상 체계의 경직기에서 부분적 완화기로 넘어가는 과도기적 단계를 보여준다.

"정신이상이라고, 아니다"라는 문장은 부분적 병식의 잔존을 의미하며, 이는 전두엽과 측두엽 사이의 인지 조절 기능이 일시적으로 회복된 상태로 해석된다.

'그 여자'에 대한 망상이 지속되지만 감정 폭발이 줄어든 것은 편도체 과흥분이 완화되고, 감정 억제 경로가 부분적으로 작동하기 시작했음을 시사한다.

아버지의 경제활동 재개 이후 나타난 안정화는 외부 현실 자극이 정서 안정에 직접적인 영향을 주는 환경-정서 상호조절 효과의 전형이다.

따라서 이 시점의 어머니는 여전히 망상의 잔자를 지니지만, 감정과 현실 판단의 균형이 일시적으로 복구된 정서 안정기에 진입한 상태로 볼 수 있다.

15 December
Wednesday

2018년 9월
호박이 감나무 에 줄을 타고
내려 온다 > 무게가 있어
땅에 떨어지면 (깨)질텐데
내가 잡아주어야지 하트데
결타고 미끄러진다 워낙
크다 (9K가 더 댄다 (땅에)
떨어지면 깨질것 같아 내가
잡아서 내려 놓어니 호박줄이
(2에 (진러그래서 딱 딱)
무게을 (담아보니) (10K가)
주문 들된다 내가 듣기로
(무겁다) 그런데 (엇렇게 의어)
면 > 좋은테데 크기만 크고
누르지는 안타 익지는 안았나
(가란 큰 호박) 약 10일

─ 목요일 ─
December 16 Thursday

2018년 9월 20일
상혁이 아버지는 약 10년 전에
혼 별로 가셨다 (배워온 기술이
와으니 나이가 (77세) 인데 원
300 만원 주짜라고) 하나
깐 집에서 (알바) 해달하니
250 만원 달라고 했다나..
그래도 (나이 77세 > 1살에
250 만원 쓰라니 > 정말 기술
이 좋다 > 어느 (정보는)
할머니가 (가늘) 나를 잡고
(나이 들수록 좋라 > 돈이 하늘
에서 (소낙비> 처름 내린라고
속으로는 이 나이에 무슨 (돈)
(상혁이) 아버지는 녹고 있다
(거의 옛날에 (번드) 내가
서울대 병원 에 자원 봉사)
간신히 밥 먹는 처지라

호박이 감나무에 줄을 타고
내려온다. 무게가 있어
땅에 떨어지면 깨 질 텐데,
내가 잡아 주어야지 하는데
줄타고 미끄러진다. 워낙
크다. 9kg 더 된다. 땅에
떨어지면 깨질 것 같아 내가
잡아서 내려 놓으니 호박줄이
끊어 진다. 그래서 땄다.
무게를 달아보니 10kg가
조금 덜 된다. 내가 들기도
(무겁다) 그런데 (누렇게 익으)
면 좋을 텐데 크기만 크고
누렇지는 않다. 익지는 않았으나
(파란 큰 호박) 약 10kg

상혁이 아버지는 약 10년만에
돈 벌러 가셨다. (배워온 기술이)
있으니 나이가 (77세) 인데 월
300만원 주겠다고 하내.
딴 집에서 (알바) 해달라 하니
250만원 달라고 했 다나…
그래도 (나이 77세) 1달에
250만원 벌다니 정말 기술
이 좋다. 어느 (점 보는)
할머니가 (가는) 나를 잡고
(나이 들수록 좋다) 돈이 하늘
에서 (소낙비)처럼 내린다고…
속으로는 이 나이에 무슨 돈
(상혁이) 아버지는 놀고 있다.
거의 옛날에 (번 돈) 내가
서울대 병원에 자원봉사
간신히 밥 먹는 처지다.

일기장 해설

이 시기의 일기는 극적인 감정의 '진폭'을 보여주는 사례다. 왼쪽 페이지에서는 마치 병이 완전히 호전된 사람처럼, 일상에 몰입한 건강한 서술이 이어진다. 호박이 덩굴을 타고 자라고, 무게를 재며, 떨어지면 깨질까 조심스럽게 붙잡는 장면은, 오랜만에 등장한 현실적이고 구체적인 기록이다. "무게를 달아보니 10kg가 조금 덜 된다"는 말에서는 계산적이고 냉정한 판단력까지 엿보인다. 그간의 피해망상이나 분노, 불신이 아닌, '지금, 눈앞의 사물'을 바라보는 현재형의 인식이 다시 회복된 것이다. 이것은 치매의 완화기(寬解期)로 볼 수 있으며, 어머니의 정신이 잠시 안정 상태에 들어섰다는 신호였다.

하지만 우측 일기로 넘어가면, 상황은 또다시 흔들린다. "상혁이 아버지는 약 10년 만에 돈 벌러 갔다"는 구절에는 자랑과 감격이 섞여 있다. "월 300만 원을 준다 하니, 기술이 좋다"라며, 오랜 세월 함께 살아온 남편에 대한 존경과 긍정적 감정이 묻어난다. 그간 의심과 비난의 대상이던 남편이, 이제는 '다시 세상으로 나간 사람'으로 새롭게 인식되고 있다. 그러나 그 감정은 오래가지 않는다. 문장 후반부로 갈수록, 어머니의 사고는 다시 왜곡되기 시작한다. "속으로는 이 나이에 무슨 돈, 상혁이 아버지는 놀고 있다." 단 몇 줄 만에 '자랑스러운 남편'이 '놀고먹는 사람'으로 뒤집힌다.

이러한 급격한 감정 반전은 현실 검증 능력의 불안정성을 보여준다. 현실의 인식이 '감정의 색깔'에 따라 즉시 바뀌는 것이다. 마지막 문장은 더욱 인상적이다. "내가 서울대 병원에 자원봉사하며 간신히 밥 먹는 처지다." 이는 사실과 다르지만, 어머니의 마음속에서는 '나는 희생자이며, 남편은 무책임한 사람'이라는 내적 서사가 다시 활성화된 상태다. 즉, 객관적 현실이 아니라 '정서적 서사'가 그녀의 사고를 지배한다. '나는 봉사하며 산다'는 자부심과 '남편은 놀고 있다'는 불만이 공존하는 아이러니는, 자신의 존재 가치를 스스로 정당화하려는 심리적 방어이기도 하다.

의학적 해설

이 시기의 기록은 감정적 진폭과 현실 검증력의 변동이 극대화된 단계로, 인지 기능의 일시적 회복과 망상 스키마의 재활성화가 교차하는 양상을 보인다.

좌측의 구체적 서술(호박, 무게 계산)은 전두엽–두정엽 회로의 일시적 정상화를 반영하며, 이는 완화기(寬解期)로 해석된다.

그러나 곧바로 "놀고 있다"로 전환되는 감정 반전은 편도체 주도의 정서 과잉반응과 정서조절 회로의 불안정성에 기인한다.

"자원봉사하며 산다"는 왜곡된 자기 서사는 자기보존적 내러티브로, 손상된 자존감 회복을 위한 무의식적 방어기제다.

따라서 이 시기의 어머니는 인지 기능과 감정 통제가 하루 단위로 교차하는 순환형 인지–정서 불안정 패턴에 진입한 상태로 볼 수 있다.

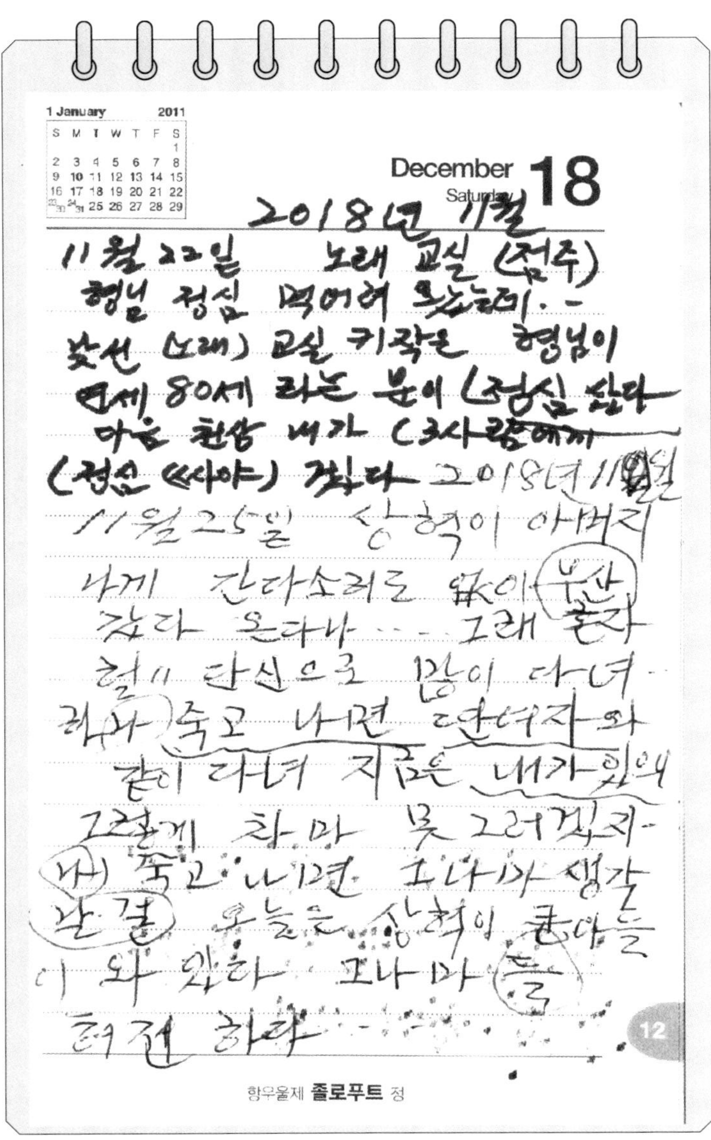
2018년 11월
11월 22일   노래 교실 (전주)
형님 점심 먹어러 오늘이. -
낯선 (노래) 교실 키작은 형님이
연세 80세 라는 분이 (점심 샀다
마음 천사 내가 (3사람에게
(점신 ≪사야) 겠다 2018년 11월
11월 25일   상혁이 아버지
나게 간다소리도 없이 (부산
갔다 온다나 … 그래 놓자
헐11 당신으로 맘이 다녀·
러다 (죽고 나면 단여자 와
같이 다녀 지금은 내가 있어
그럴게 참 마 못 그러깄자·
(마) 죽고 나1면 오다마 생각
발결 오늘은 상혁이 큰아들
이 와 왔다· 꼬나마 (들
혀젼 하라

2018년 11월 22일

노래 교실 (점주)
형님 점심 먹으러 왔는데…
낮 선 (노래) 교실 키 작은 형님이
연세 80세 라는 분이(점심 샀다)
다음 천상 내가 3사람에게
(점심) 사야 겠다.

2018년 11월 25일

상혁이 아버지 내게 간다 소리도 없이 부산
갔다 온다 나…그래 혼자
헐헐 단신으로 많이 다녀.
허나 〈내가〉죽고 나면 딴 여자와
같이 다녀. 지금은 내가 있으니
그렇게 차마 못 그러겠지.
나 죽고 나면 그나마 생각
날 걸. 오늘은 상혁이 큰 아들
이 와 있다. 그나마 늘
허전하다.

일기장 해설

2018년 11월의 일기는 어머니의 정신적 균형이 다시 무너지는 파국의 전조를 보여준다. 불과 몇 주 전만 해도 현실을 분명히 구분하며 일상을 유지하던 어머니는 11월에 들어서며 다시 망상과 피해의식의 세계로 회귀한다.

11월 22일 기록은 아직 평온하다. "형님 점심 먹으러 왔다… 다음엔 내가 사야겠다"는 문장은 사교적이고 현실적인 감각을 보여준다.
그러나 며칠 뒤 11월 25일 일기에서는 상황이 급변한다. "상혁이 아버지 말도 없이 부산 갔다… 혼자 혈혈단신으로 다닌다"는 말은 곧 "내가 죽고 나면 그 여자와 같이 다녀"라는 외도 망상으로 뛰어오른다. 이 표현에는 죽음의 예감과 자기 소멸의 두려움까지 겹쳐 있다.

이 무렵부터 어머니는 행동으로도 분노를 표출했다. 아버지를 밀치거나 물건을 던지는 일들이 잦아지며 불안이 공격으로 전환된 상태였다. 통제할 수 없는 현실과 흐려지는 기억 속에서 어머니가 붙잡을 수 있었던 유일한 '주도권'은 남편을 의심하고 지배하려는 왜곡된 감정이었다.

결국 2018년 11월의 일기는 평온한 가을을 끝내고 정신적 폭풍이 재개되기 직전의 정적, 그리고 가족 전체가 돌이킬 수 없는 긴장 속으로 빠져들기 시작한 순간을 보여준다.

의학적 해설

　2018년 11월 기록은 질투·피해 망상 재강화와 함께 현실 검증력 붕괴가 뚜렷해진 치매성 정신증의 재기폭기를 보여준다.

　"혼자 다닌다→다른 여자와 간다"로의 비약은 해마 인출 실패 위 정서 편향(편도체 과활성)이 사실 기억을 대체한 전형적 패턴이다.

　신체적 밀치기·투척 등 행동화는 전두엽 억제 희로 저하(충동·공격 억제 실패)와 위협 귀인 편향의 결과로 해석된다.

　'큰아들이 있어도 허전하다'는 역설은 애착 체계 붕괴와 정서 단절감이 심화된 소견으로, 외로움이 망상적 질투를 재가동시키는 정동–망상 순환 고리를 시사한다.

　요컨대 이 시기는 일시적 평온이 소진된 뒤 망상 스키마의 경화와 감정–행동 탈동조화가 급격히 심화되는 파국 전야 단계에 해당한다.

2018년 11월 25일

상혁 아버지
할마시들 데리고 봉고차에
할마시들 싣고 대구로 드라
이브 시키고…왔다고,

2018년 11월 26일

상혁이 아버지가 이상하다.
오늘 저녁에는 커다란 소나무
막대기를 가져 온다.
무섭다. 내가 아무래도
마음 놓고 자지를 못하
겠다. 요즘은 상혁 아버지가
자꾸만 이상하다.

2018년 11월 29일
석종길 (찜질 방 가)
가 있다.) 할마시와

(가출)
밤 11시 30분
2018년 11월 29일

내일, 오지 않겠지.
(가출 신고 하고) 사법
서사, 가서 (이혼 신고)
한다. 사법서사 가서

2018년 11월 30일
석종길 어제 아예 여자와
같이 갔다. (경산에) 땅
팔은 돈 2~3000만. 은행에
있다. 나는 한 푼도 안 주었다.
여자에 완전히 홀려서
돈 있는 거 알고, 손이

일기장 해설

이 일기는 어머니의 정신적 붕괴가 극점에 도달한 시기로 보인다. 그간의 불안, 피해의식, 분노가 모두 한꺼번에 폭발하며, 이제는 현실과 망상의 경계가 완전히 무너진 상태이다. 왼쪽 페이지(11월 25~26일)에서는 아직 일상적 언어가 남아 있다. "상혁 아버지가 할마시를 데리고 대구로 드라이브 갔다"고 적었지만, 이는 실재가 아니라 망상적 확신에 기초한 서술이다. 그 다음 날엔 "상혁 아버지가 요즘 자꾸만 이상하다"라고 쓰며 '남편이 이상하다 → 외도한다 → 나를 속인다'는 사고 회로가 짧은 기간 안에 자동적으로 작동하고 있다. 이 시기 어머니의 내면은 공포와 배신감이 혼재된 혼란 상태였다.

남편이 잠시 자리를 비운 것만으로도 '가출', '여자와 외박'으로 해석하며, 이 사건을 중심으로 온 세상을 재구성해버린다. 즉, 객관적 사실보다 '감정적 해석'이 모든 인식의 기준이 되어버린 것이다.

그 결과, "내일 사법서사 가서 이혼신고를 한다"는 문장은 법적 절차를 이해한 합리적 행동이 아니라, 자신의 감정을 정당화하려는 망상적 행위 선언에 가깝다. 11월 30일의 기록에서는 그 망상이 의심에서 확신으로 바뀐다. "석종길 어제 아예 여자와 같이 잤다"라는 문장은 더 이상 '추측'이 아닌 자기 내면의 진실로 고정된 허구다.

그녀는 상상을 사실로 착각하고, 거기에 도덕적 분노를 덧씌운다. "은행에 돈이 있는데, 그 여자가 손을 떨며 돈 있는 걸 알고 있다"는 대목은 '재산과 명예를 빼앗길지도 모른다'는 피해망상의 전형적인 구조를 보여준다. 이 시점의 어머니는 '사랑했던 남편'을 '적'으로 완전히 바꾸어 버렸다. 그는 더 이상 배우자가 아니라 자신을 속이고 파멸시키는 존재로 인식된다. 그래서 그녀의 폭력은 단순한 분노 표출이 아니라, "내가 먼저 공격하지 않으면 파괴당한다"는 공포 기반의 자기방어적 폭력이었다. 결국 2018년 11월 말의 이 일기들은 정신의 마지막 균형이 붕괴되는 기록이다.

의학적 해설

2018년 11월 말의 기록은 망상 체계가 완전히 고착된 상태로, 인지적 왜곡이 현실 판단을 완전히 대체한 치매성 정신증의 절정기에 해당한다.

"남편이 외도했다"는 확신은 기억의 오류가 아니라, 편도체 과흥분과 전두엽 억제 회로 손상으로 인한 정서 중심 사고의 절대화 결과다.

'이혼 신고'나 '사법서사' 언급은 현실적 행위가 아닌, 내면 불안을 외부 행위로 구체화하는 상징적 언어화로 해석된다.

"은행 돈을 여자가 안다"는 표현은 피해형 재산 망상의 전형으로, 신뢰 체계가 붕괴된 이후 나타나는 후기 증상이다.

이 시점의 어머니는 기억과 사고의 통합이 해체되어, 모든 사건이 "나를 해치는 음모"로 재조직되는 망상적 자아 중심화단계에 도달한 상태였다.

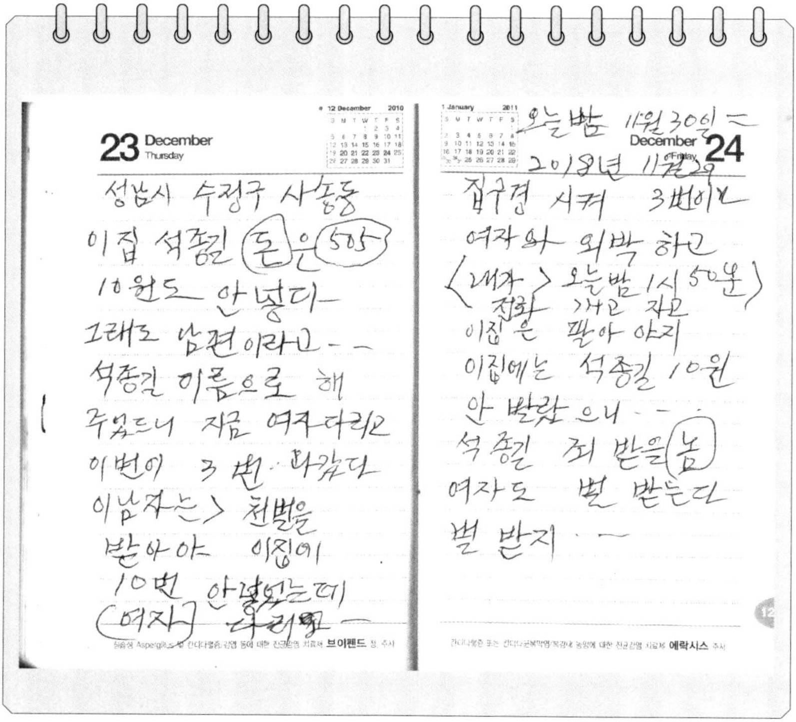

23 December Thursday

성남시 수정구 사송동
이집 석종길 (돈)은 (505)
10원도 안넣다
그래도 남편이라고 - -
석종길 이름으로 해
주었드니 지금 여자 다리고
이번이 3번 바갔다
이남자는> 천벌을
받아야 이집에
10번 안넣었는데
(여자) 다리고 —

오늘밤 11월 30일 =
2018년 11월 29
December 24 Friday

집구경 시켜 3번이나
여자와 외박 하고
<내가> 오늘밤 1시 50분>
전화 개고 자고
이집은 팔아 야지
이집에는 석종길 10원
안 받았으니 - -
석종길 죄 받을 (놈)
여자도 벌 받는다
벌 받지 - -

성남시 수정구 사성동 ○○동
이 집 석종길 돈은
10원도 안 넣었다.
그래도 남편이라고,
석종길 이름으로 해
주었더니 지금 여자 데리고
이번이 세번째 나갔다.
이 남자는 천벌을
받아야, 입 집에
10원 안 넣었는데
(여자) 데리고

오늘밤 11월 30일

2018년 11월 29일
집 구경 시켜
여자와 외박하고
(내가) 오늘밤 1시 50분
전화 끄고 자고
이 집은 팔아야지.
이 집에는 석종길 10원
안 발랐으니,
석종길 죄 받을 놈
여자도 벌 받는다.
벌 받지…

31 December Friday

금요일 - 3시
2018년 11월 3일

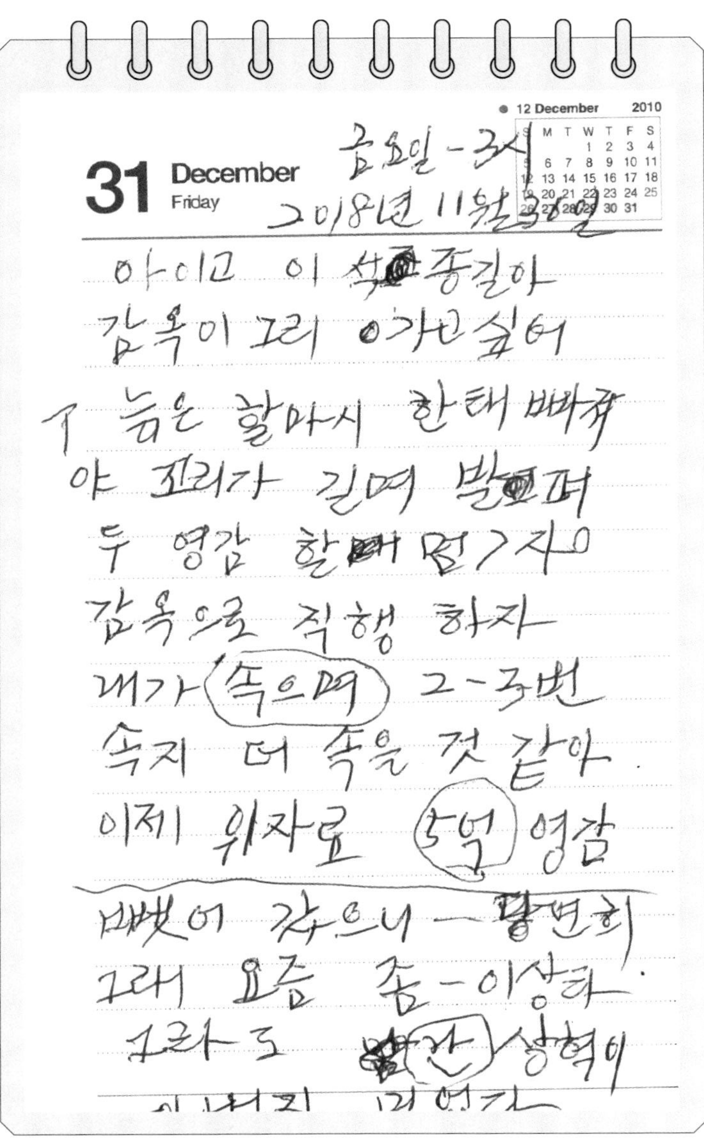

아이고 이 썩을종길아
감옥이 그리 가고싶어

ㄱ 늙은 할마시 한태 빼줘
야 꼬리가 길며 밟어퍼
두 영감 한때 먼가자
감옥으로 직행 하자
내가 (속으며) 2~3번
속지 더 속을 것 같아.
이제 위자료 (드억) 영감

빼앗어 갔으니 - (팔변희)
그래 요즘 좀 - 이상타.
그라도 (영감) 성혁이

아이고 이 석종길아
감옥이 그리 가고 싶어
늙은 할마시 한테 빠져
야 꼬리가 길면 밝혀
두 영감 할멈 자고
감옥으로 직행하자.
내가 속으면 2~3번
속지 더 속을 거 같아.
이제 위자료 5억 영감
뺐어 갔으니 당연히
그래 요즘 좀 이상 타
그래도 난 상혁이
아버지 믿었다.

이 마지막 일기장은 어머니의 정신적 폭풍이 절정에 달한 순간이자, 한 인간의 내면 세계가 무너지는 최후의 기록이다. 날짜는 2018년 11월 30일, 바로 앞선 여러 편의 일기에서 이미 불안과 분노가 폭발하던 그날이다.

이날의 글은 더 이상 현실의 언어가 아니다. 문장은 단절되고, 감정은 비약하며, 어휘는 공격과 절규로 얽혀 있다. "아이고 이 석종길아, 감옥이 그리 가고 싶어" – 이 첫 문장은 이미 '분노의 대상이 신격화된 악(惡)'으로 변한 것을 보여준다. 남편은 더 이상 남편이 아니라, 반드시 응징해야 할 죄의 화신이 된다. '늙은 할마시에게 빠져'라는 표현은 이전부터 반복된 외도 망상의 결정체이며, '두 영감 할멈 자고 감옥으로 직행하자'는 구절은 도덕적 분노와 형벌적 상상을 결합한 자기 내면의 재판문이다.

그러나 그 분노의 밑에는 피해자에서 가해자로 변해버린 자기 확신의 광기가 깔려 있다. "내가 속으면 2~3번 속지 더 속을 것 같아"라는 문장은 자신의 의심을 합리화하려는 마지막 시도이며, '이제 위자료 5억 영감 뺏어 갔으니 당연히'라는 대목은 망상이 경제적 피해로 확장된 금전적 피해망상을 드러낸다.

마지막 문장 "그래도 난 상혁이 아버지 믿었다"는 이 기록 전체를 비극으로 만드는 결정적 구절이다. 모든 증오와 불신의 끝에서, 여전히 남편을 믿고 싶다는 애증의 잔불이 남아 있기 때문이다.

이 한 줄은 그녀가 여전히 '사랑했던 사람을 미워해야만 견딘' 참혹한 내면의 아이러니를 보여준다.

2018년 11월 30일 기록은 고정 망상 체계가 완결된 상태로, 현실 검증력이 사실상 소실된 치매성 정신증의 절정기를 보여준다.

비약·단절·공격적 어휘의 연쇄는 사고 과정 붕괴와 정서 폭풍의 동시 표지다.

'외도–형벌–금전 피해'로 이어지는 연상은 질투/피해/재산 망상이 하나의 서사로 융합된 다축 망상 통합의 소견이다.

"감옥", "위자료 5억" 등 도덕·형벌·경제 코드의 과잉은 도덕화된 분노가 인지 왜곡을 강화하는 전형적 양상이다.

끝의 "그래도 믿었다"는 진술은 잔존 애착과 양가감정이 여전히 작동함을 시사하며, 망상 속에서도 자아 붕괴와 관계 상실의 비극적 자각이 미약하게 남아 있음을 드러낸다.

2018년 초, 어머니는 여전히 자신을 붙잡으려 애썼다.

"허리가 아프다", "면허 갱신했다" 같은 일상적 표현은 기억이 흔들려도 여전히 질서를 회복하려는 몸부림이었다.

하지만 시간이 흐르며 일기는 점점 감정 중심의 기록으로 변한다. 현실의 사건보다 '느낌'이 우선되고, 기억은 감정의 방향에 따라 재구성된다. "부산 아줌마와 놀았다", "남편이 날 속였다" 같은 문장은 사실이 아니라 감정의 해석이자 불안의 그림자였다.

3장의 전환점은 남편에 대한 외도 망상의 등장이다. '마산의 여자', '부산의 할마시' 같은 표현은 실제 인물이 아니라, 어머니 내면의 불안이 형상화된 존재였다.

사랑했던 배우자가 믿을 수 없는 타인으로 바뀌는 순간, 어머니의 정신은 균형을 잃었다.

이 망상은 단순한 질투가 아니라 존재의 위기였다. "내가 죽고 나면 그 여자와 다니겠지"라는 말에는 사랑받지 못할까 두려운 마음과 버려질 공포가 뒤섞여 있다.

가장 충격적인 기록은 '성모상 사건'이다. 어머니는 분노 속에 성모상을 부수며 "신도 나를 버렸다"고 썼다. 오랫동안 삶의 버팀목이던 신앙이 더 이상 위로가 아닌 공포와 절망의 대상이 된 것이다.

그 순간, 어머니의 내면 세계는 완전히 붕괴했다. 이후의 일기에서는 문장과 문장이 단절되고, 감정의 폭발과 체념이 번갈아 나타난다.

‘이혼’, ‘감옥’, ‘사법서사’ 같은 단어들이 등장하며 일기는 현실의 기록이 아니라 내면의 재판문으로 바뀐다.

그럼에도 마지막 페이지에는 여전히 미세한 사랑의 흔적이 남아 있다.

“그래도 나는 상혁이 아버지를 믿었다.”

모든 의심과 증오의 끝에서, 여전히 남편을 믿고 싶다는 마음. 그 문장은 파괴된 세계 속에서도 마지막 남은 인간적 온기였다.

3장은 바로 그 아이러니의 기록이다. 사랑이 의심으로 바뀌고, 신앙이 불안으로 뒤집히며, 이성이 감정의 파도에 휩쓸리지만, 그 속에서도 여전히 ‘사람을 믿고 싶은 마음’이 꺼지지 않는다.

3장은 병의 진행 기록이자, 인간의 감정이 무너지는 장면들의 연속이다. 이전의 일기들이 ‘가족의 일상’을 담았다면, 이 장은 ‘혼란 속에서 자신을 지키려는 인간의 언어’다.

그녀는 결국 현실과 감정 사이의 경계를 잃었지만, 마지막까지 글을 쓰며 자신을 붙잡았다. 그 펜끝은 더 이상 기억을 적지 못했지만, 사라져가는 인간의 의식이 남긴 마지막 불빛이었다.

3장은 치매의 중기에서 후기 이행기, 즉 망상형 인지 붕괴 단계를 보여준다. 이 시기의 특징은 기억 장애보다 사고의 왜곡과 정서적 과민성이 두드러지는 것이다. 현실 검증 능력이 급격히 저하되며, 일상의 사건이 감정 중심으로 재구성된다.

배우자에 대한 외도 의심은 전형적인 피해망상으로, 불안의 투사와 통제감 상실의 결과다.

사건의 맥락보다 감정의 색이 우선되어, 정서 주도 사고가 지배한다.

'성모상 파괴'는 신앙과 자아의 균형이 붕괴된 상징적 행위로, 상징체계 붕괴의 사례다.

문장은 단절적이고 반복적이며, 이는 전두엽 기능 저하와 연관된다.

이 시기의 분노와 폭력성은 타인을 향한 공격이 아니라, 자기 상실에 대한 방어적 반응이다. 반복되는 재산·이혼 언급은 통제감 회복을 위한 보상적 언어행동으로 해석된다.

어머니는 현실을 잃지만, 감정의 궤적만은 끝까지 남아 있다.

"그래도 믿었다"는 마지막 문장은 감정기억의 잔존을 상징한다.

즉, 이 단계의 뇌는 인지는 무너져도 정서는 남는다.

제4장

침묵 — 잔향만 남다

멈춘 시간의 문턱에서

어머니의 일기장은 2018년을 끝으로 멈췄다. 그 뒤로 어떤 글자도 더해지지 않았다.

일기가 멈춘 무렵부터 아버지는 어머니의 끊임없는 폭력에 시달리기 시작했다. 낮에는 아무 일 없는 듯 보였지만, 밤만 되면 어머니는 돌변했고, 이유를 알 수 없는 폭행이 계속되었다. 결국 아버지는 견디다 못해 우리 집으로 피신해 왔다. 며칠 뒤 나는 어머니를 설득해 수원의 한 정신병원에 모실 수밖에 없었다.

입원한 뒤 약 한 달 동안 어머니는 하루에도 몇 차례씩 아버지에게 전화를 걸어 "집에 데려가 달라"고 애원했다. 아버지는 끝내 그 부탁을 외면하지 못했고, 다시 어머니를 집으로 모셨다. 그러나 돌아온 뒤에도 상황은 나아지지 않았고, 폭력은 다시 반복되었다.

우리는 더 이상 버티기 어려웠고 병원장님께 하소연했다. 결국 행동을 억제하는 약이 처방되었고, 그 후 폭력은 눈에 띄게 줄었지만, 동시에 어머니의 표정은 굳어 갔고 말투는 조금씩 느려지고 어눌해졌다. 기억의 길은 더 빠르게 무너져 내렸다.

아버지의 돌봄, 그리고 조용히 무너져가는 삶

아버지는 매일 어머니 곁에 머물렀다. 식사를 챙기고, 씻기고, 약을 건네고, 밤에는 어머니의 손목이 빠져나가지 않도록 자신의 팔 위에 조용히 올려두었다.

"괜찮다. 괜찮다."

아버지가 하루에도 수십 번 우리들에게 건네던 말이었다. 그 말은 위로이자 기도였고, 스스로에게 되뇌는 최후의 주문이기도 했다.

하지만 돌봄은 조용한 소모전과 같았다.

하루 24시간이 온전히 어머니에게 묶여 있었고, 잠은 짧아졌으며 아버지의 체력은 서서히 줄어들었다. 어머니의 병은 아버지에게도 병이었다. 한 사람의 시간이 무너지면 다른 사람의 삶도 함께 기울어지는 법이다.

실종, 낙상, 그리고 두 번째 이별

어느 날, 아버지가 약국을 다녀오는 짧은 사이 어머니는 집 밖으로 나갔다. 골목은 익숙한 듯했지만 이미 그녀의 세상은 현실과 멀어져 있었다.

한참 뒤, 동네 어귀에서 쓰러진 어머니를 발견했다는 경찰 전화를 받았다. 이마에는 피가 흘렀고, 그 작은 사고가 이후의 삶을 크게 바꾸었다. 그날 이후, 어머니는 혼자 걷지 못하게 되었다.

보행은 느려지고, 침대에 누워 있는 시간이 길어지며 몸과 마음이 동시에 약해졌다. 그리고 어느 순간, 어머니는 아버지를 삼촌이라 불렀다. "삼촌…" 아버지는 아무 말도 하지 못했다. 그저 고개를 끄덕였다. 어릴 적 아버지를 잃고 삼촌의 보살핌 속에서 자랐던 기억이 아마 어머니의 세계에서는 가장 마지막까지 남아 있던 '안전한 감정'이었는지도 모른다. 기억은 사라져도 감정은 마지막까지 남는다는 사실을 우리는 이제 알았다.

요양원의 시간, 그리고 코로나의 그림자

요양원으로 옮긴 뒤, 어머니의 시간은 마치 물 위에 떠 있는 것처럼 느리게 흘렀다. 하루 세 번의 식사, 정해진 약 시간, 반복되는 음악, 비슷한 풍경. 그곳에서는 계절도, 요일도 중요하지 않았다.

창문 틈으로 들어오는 빛의 농도만이 아침과 오흐를 구분해줄 뿐이었다. 그러던 중 코로나가 시작되었다. 면회 금지. 격리. 요양원 전체가 닫힌 세계가 되었다. 우리는 유리창 너머에서 손을 흔들었고,

어머니는 마스크 너머로 웃었다. 그러나 그 웃음이 우리를 알아본 미소인지, 그저 반사된 빛에 대한 반응인지 누구도 확신할 수 없었다. 어머니는 코로나에 두 번 확진되었고 폐렴으로 사경을 헤맸다.

그때마다 기적처럼 다시 숨을 되찾았다. 하지만 회복 후에는 아버지를 알아보는 일이 완전히 사라졌다. 그녀의 세계에서 아버지는 더 이상 '현재'가 아니었다. 오래전 기억의 바깥에 남겨진 흐릿한 사람으로 사라지고 있었다.

아버지의 부재, 남겨진 시간의 빈자리

2022년 겨울, 아버지는 조용히 세상을 떠나셨다.

과거 위암 수술을 받고, 완치 판정까지 받았으나, 그 암이 어머니의 간병으로 지친 아버지를 꿰뚫고 다시 자라나기 시작했다.

전이된 암은 이미 몸 곳곳에 숨어 있었고, 아버지는 자신의 몸이 더 이상 예전 같지 않다는 사실을 어머니 돌봄의 한복판에서 가장 먼저 느꼈을 것이다. 아버지는 늘 말이 없었지만, 그 침묵 속에는 그만의 슬픔과 고독이 있었다. 어머니를 지키느라 매번 밤을 새우고, 낮에는 약 봉지를 들고 병원을 오가고, 혼자 밥을 먹으며 "내가 아니면 누가 저 사람을 돌보랴" 스스로에게 말하듯 중얼거리기도 했다.

그러나 그 무거운 책임감과 사랑은 결국 한 사람의 몸이 감당할 수 없는 무게였던 것 같다.

아버지는 말 없이 조금씩 무너졌고, 우리 가족은 그 무너짐을 돌아보았을 때야 겨우 알아차렸다. 그는 어머니보다 먼저 떠날 수 있

다는 사실을 아마 가장 두려워했을 것이다.

아버지가 떠난 뒤, 우리는 한참을 고민했다. 과연 이 사실을 어머니에게 알려야 하는가― 하지만 어머니는 이미 아버지를 '남편'이 아닌 '삼촌'이라고 부르는 세계 속에서 살고 있었다. 기억의 문이 닫힌 그 세계에서 아버지는 이미 떠난 사람이었고, 사실을 말하는 것은 그저 상처를 한 번 더 새기는 일이 될 뿐이었다.

장례식 후, 어머니를 뵈러 요양원으로 갔다. 어머니의 얼굴 위로 겨울의 맑은 빛이 스며들었다. 그 순간 어머니는 창밖을 바라보며 아무 맥락 없이 조용히 말했다.

"오늘은… 날이 좋네."

그 말은 누구에게 향한 것일까. 그녀는 정말 날씨를 말한 걸까, 아니면 기억 너머 어딘가에 남아 있는 아버지의 그림자를 향해 건넨 마지막 인사였을까. 아버지는 이미 떠났고 어머니는 그 사실을 모른 채 자신만의 세계 속에서 살아가고 있지만, 그 한마디에는 평생 서로의 곁을 지켜온 두 사람의 마지막 연결고리가 자그마한 빛처럼 남아 있었다. 그 빛이 너무 슬프고, 너무 아름답고, 너무 고요해서 나는 그 자리에서 더 이상 말을 잃었다.

돌봄의 비용, 그리고 무너지는 경제의 현실 어머니의 병이 깊어질수록 우리 가족이 감당해야 했던 것은 감정만이 아니었다. 경제도 함께 무너졌다.

요양원 비용만 매달 200만 원, 기저귀·보조기구·약값·병원 방문비, 간병보조 인력 비용, 간혹 응급실 한 번만 가도 30~50만 원이 훌쩍 나갔다. 치매는 단순한 병이 아니라 경제를 갉아먹는 장기전이었다.

형제끼리 비용을 나눠도, 장기요양보험을 최대한 활용해도, 지출은 줄어들지 않았다.

돈이 빠져나가는 속도는 어머니의 기억이 희미해지는 속도와 비슷했다. 그리고 우리는 알게 되었다. 치매는 한 사람의 병이 아니라 가족 전체의 삶의 구조를 파고드는 파도라는 사실을.

남겨진 사람들의 감정, 그리고 오래된 사랑의 잔향 어머니의 병이 깊어 갈수록 우리의 마음도 함께 흔들렸다. 화가 나기도 하고, 서러울 때도 있었으며, 어떤 날은 "이제는 보내 드리자"는 말이 입술까지 올라왔다가 끝내 삼켜졌다. 그러나 그 침묵 속에서도 이상하게 남은 것은 원망이 아니라 오래된 사랑의 잔향이었다.

우리는 지금도 요양병원비를 내고, 어버이날마다 카네이션을 들고 생신마다 그리움 한 송이를 전하고 있다. 그것은 돌봄이라기보다 마지막 예절, 기억을 잃어가는 존재를 향한 우리 가족의 의무이자 애정이다.

어머니는 이름도, 얼굴도, 계절도 잊었지만 가끔 손끝으로 우리의 손을 잡고 잠시 멈춘 듯한 눈으로 바라본다. 그 순간, 우리는 아주 작은 기적을 느낀다.

여전히 이어지는 삶, 그리고 빛이 남긴 자리에 어머니는 지금도 살아 계신다. 말은 잃었고, 기억은 사라졌지만, 감정의 흔적만은 희미하게 우리 곁에 남아 있다.

어머니가 바라보는 창밖의 빛, 손끝으로 전해지는 온기, 누군가의 이름을 더듬으려는 작은 움직임. 그 모든 순간은 "기억이 사라져도 삶은 완전히 꺼지지 않는다"는 조용한 증거 같다.

어머니의 일기장은 멈췄지만 그녀의 삶은 아직 끝나지 않았다. 그녀는 여전히 숨을 쉬고, 하루하루를 살아내고 있다. 앞으로 얼마나 더 시간이 남았는지는 모르지만, 그 시간이 얼마나 짧든 길든 우리는 어머니의 마지막 여정을 끝까지 지켜볼 것이다.

그것이 어머니가 우리에게 남긴 삶의 방식이기 때문이다.

"오늘은 날이 좋네." 그 말은 이제 더 이상 날씨의 이야기가 아니다.

삶의 마지막 순간까지 감정이 빛처럼 남아 있다는 뜻이기도 하다.

그 빛은 지금도 어머니의 곁을, 그리고 우리 가족의 곁을 조용히 비추고 있다.

"기억은 사라졌지만, 사랑은 여전히 그 자리에 있다."

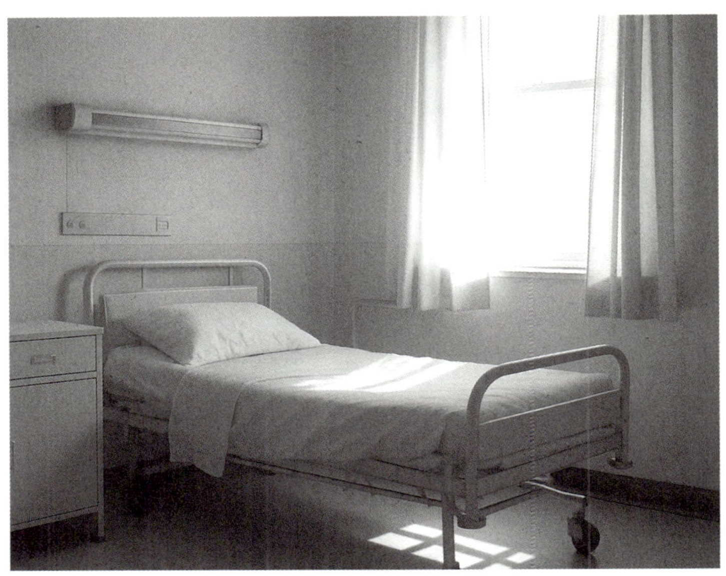

의학적 해설

2018년을 끝으로 일기가 멈춘 뒤 나타난 공간·방향 지남력의 붕괴와 무목적 배회/이탈, 그리고 낙상 후 보행 상실은 중증 치매의 전형적 진행 양상이다.

낙상 이후 기동성 저하 → 침상 생활 증가 → 반응성 저하의 연쇄와, 손의 촉감에는 눈물이 반응하는 정서기억(감정 반응) 보존은 인지 기능이 무너져도 변연계 기반 정서 처리가 비교적 오래 남는 특성을 보여준다.

이후 요양원으로의 전환과 코로나 시기 비대면 면회·격리, 반복 감염과 폐렴을 거치며 언어 기능이 사실상 소실(무언/극미발화)된 것은, 말기 치매에서 흔한 의사소통 기능 붕괴의 흐름과 부합한다.

동시에 배우자 사망 소식의 비전달이 가능했던 것은, 환자 내 세계에서 배우자가 이미 자아의 시간선 밖으로 밀려난 자기–타자 표상 소실을 시사한다.

장기 요양 국면에서 기록된 지속적 경제·시간 부담은 임상적으로 돌봄자 소진과 복합애도/모호한 상실(의 정서 지형을 동반함을 암시한다.

어머니의 시간은 멈췄지만, 그 마음은 여전히 내 안에 있다

일기장을 덮는 데 오랜 시간이 걸렸다. 처음엔 그저 한 장씩 옮겨 적는 일이었는데, 시간이 지날수록 나는 한 글자, 한 획마다 어머니의 호흡과 눈빛, 그리고 떨리는 손끝을 느꼈다.

글씨는 점점 흐려지고, 문장은 더 이상 이어지지 않았다.

마지막 페이지에는 단 한 줄,

"오늘도 기도한다."

그 문장이 끝이었다.

그러나 그 한 줄이, 어머니의 전부였다.

기억의 끝에서 마주한 사랑

치매는 잔인했다. 사람의 이름을 지워버리고, 시간의 순서를 뒤섞고, 사랑의 얼굴마저 낯설게 만들었다. 하지만 나는 어머니를 통해 알게 되었다. 기억이 사라져도, 사랑은 남는다는 것을.

분노 속에도 사랑이 있었고, 혼란 속에도 관계의 끈은 남아 있었다. 치매는 감정을 파괴하지 않았다.

오히려 그 감정이 가장 깊은 곳에 남아 있었다.

 ## 가족의 시간, 그리고 나의 깨달음

　어머니를 돌보는 일은 늘 두려웠다. 이해할 수 없는 행동, 통제할 수 없는 감정, 그리고 언제 끝날지 모르는 긴 터널 속에 있는 듯했다. 하지만 일기장을 다시 펼치며, 나는 어머니의 세계를 조금씩 이해하게 되었다. 그분이 싸우고 있던 것은 병이 아니라 두려움이었다. 잊혀지는 자신에 대한 공포, 사랑하는 사람들을 더 이상 알아볼 수 없을지도 모른다는 절망. 그 모든 감정이 글씨 속에 녹아 있었다. 이제 나는 그 두려움을 탓하지 않는다. 그것은 어머니가 살아 있었다는 증거이기 때문이다.

 ## 우리 모두의 이야기

　이 책은 한 사람의 병에 대한 기록이 아니다. 우리 모두가 언젠가 마주할 수 있는, 삶의 마지막 감정의 기록이다.

　누군가는 환자가 될 수 있고, 누군가는 간병인이 되며, 누군가는 기억의 증인이 된다. 이 일기장은 한 가족의 고백이지만, 동시에 우리 사회 전체의 거울이기도 하다. 기억을 잃어가는 사람에게 손을 내밀 수 있는 사회, 감정의 혼란을 병으로만 보지 않는 사회, 그런 공동체가 되어야 한다.

글을 덮으며

이제 어머니는 더 이상 글을 쓰지 않는다. 하지만 그분의 시간은, 이 책 속에서 여전히 살아 있다. 흐릿한 글씨 속에는 여전히 따뜻한 체온이 남아 있고, 삐뚤어진 문장 속에도 분명한 감정이 숨 쉬고 있다.

나는 어머니의 일기장을 세상에 내놓으며, 그분의 마지막 바람을 대신 전하고 싶다.

"누군가 내 마음을 알아줬으면 좋겠다."

이 책이,
그 마음을 대신 전하는 목소리가 되길 바란다.
그리고 누군가의 어머니, 누군가의 가족이
조금 덜 외로운 기억 속을 걸어가길 바란다.

치매, 우리 모두를 위한 세대별 대비 가이드

1. 부모가 치매에 걸렸을 때 가족이 해야 할 대응 10가지

2. 현재 치매가 없는 60·70세대가 지금 해야 할 치매 대비 준비

   8가지

3. 아직 치매가 오지 않은 부모를 위한 40·50세대의 준비 8가지

4. 내가 치매에 걸린다면 : 모든 세대 공통으로 지금 준비해야

   할 10가지

5. 치매 대비에서 가장 중요한 경제·보험 총정리

부모가 치매에 걸렸을 때 가족이 해야 할 대응 10가지

1. 부모의 안전을 최우선으로 확보한다

치매는 의료 문제보다 안전 문제가 먼저 발생한다.

낙상, 가스 사고, 배회 등은 치매 초기부터 나타나며 한 번의 사고가 급성 악화를 유발할 수 있다.

※ 필수 조치:

- 욕실 미끄럼 방지
- 가스 자동 차단
- 문·창문 이중잠금
- 야간 조명 설치
- 위치추적 기기 연동

➲ 안전이 확보되면 위기 상황을 크게 줄일 수 있다.

2. 정확한 진단을 받는다

치매 진단은 모든 대응의 출발점이다.

진단 없이 제도 혜택·보험금 지급·간병 계획 설계가 불가능하다.

※ 필수 검사:

- 인지검사(MMSE·MoCA)
- 뇌 MRI
- 혈액·감별 검사
- 치매 유형 판정(알츠하이머, 혈관성 등)

➲ 진단은 경제 대비와 돌봄 계획의 기초가 된다.

3. 감별진단을 통해 '치료 가능한 치매'인지 확인한다

치매처럼 보이지만 치료하면 호전되는 경우도 많다.

※ 치료 가능성이 있는 원인:

- 약물 부작용
- 우울증
- 비타민 B12 결핍
- 갑상선 문제
- 난청
- 수면장애

◉ 감별진단은 향후 5년을 결정할 정도로 중요하다.

4. 치매안심센터와 연결해 무료·저비용 지원을 활용한다

치매안심센터는 국가가 제공하는 가장 강력한 지원 체계다.

※ 지원 내용:

- 인지훈련 프로그램
- 가족 상담
- 단기보호·가족휴가제
- 요양서비스 연계
- 등급 신청 준비 도움

◉ 가족의 부담을 절반으로 줄여주는 필수 자원이다.

5. 장기요양보험 등급을 신청한다

치매 돌봄의 고정비를 줄이는 핵심 제도다.
등급을 받으면 가족이 감당해야 할 경제·시간 부담이 크게 감소한
다.

※ 등급 혜택:

- 요양보호사 방문

- 주·야간보호센터
- 단기보호
- 복지용구 지원(침대, 보조기구 등)
- 장기요양보험이 없으면 치매 돌봄 비용은 월 200~400만 원 이상으로 급등한다.

6. 부모가 가입한 치매보험·간병보험을 즉시 확인하고 활용한다

민간보험은 장기요양보험을 보완하는 가장 중요한 경제 기반이다.

※ 확인할 것:
- 치매보험 보장 내용
- 간병보험 월 지급액
- 실손보험 적용 여부
- 보험금 청구 절차

※ 활용할 것:
- 진단 즉시 보험금 청구
- 월 지급형 간병비 확보
- 재택 간병·요양원 비용 일부 보전

- 치매는 장기전이므로 경제 기반 확보가 필수다.

7. 돌봄 역할과 경제 부담을 가족 간에 명확히 나눈다

치매 돌봄 갈등의 대부분은 "누가 얼마나 부담할 것인가?"에서 발생한다.

※ 역할 분담 항목:
- 병원·약 관리
- 일상 돌봄
- 재정·통장 관리
- 제도 신청 담당

- 긴급 상황 대응

◐ 시간 기여와 비용 기여를 분리해서 논의하는 것이 갈등을 줄인다.

8. 부모의 일상 기능을 가능한 범위에서 유지시키고 '위험 영역'만 지원한다

가족이 너무 많은 역할을 대신하면 오히려 부모의 기능이 빠르게 떨어진다.

※ 원칙:

- 할 수 있는 일은 계속 유지
- 위험한 일(돈 관리·가스·운전 등)만 대신
- 반복 질문에는 부드럽게 대응

◐ 기능 유지가 치매 진행을 늦추는 핵심이다.

9. 자녀(돌봄자)의 소진을 막는 구조를 만든다

부모보다 자녀가 먼저 소진되면 돌봄 시스템이 붕괴된다.

※ 필요한 구조:

- 요양보호사 주 1~3회
- 주·야간보호 적극 활용
- 단기보호(Respite)
- 형제 간 교대제
- 돌봄 기록·정보 공유

◐ 돌보는 사람이 버텨야 부모도 버틸 수 있다.

10. 부모의 존엄을 지키는 방식으로 돌봄을 이어간다

치매는 기억을 잃게 만들지만 감정은 오래 남는다.

존엄을 지키는 돌봄은 부모의 불안을 줄이고, 돌봄 효율을 높인다.

- 인격적 대우

• 선택권 존중

• 익숙한 사진·음악 활용

• 손 잡아주기·부드러운 말투

• 사적 영역 배려

➡ 존엄성은 치매 돌봄의 마지막이자 가장 중요한 축이다.

◁ 요약 ▷ 부모 치매 발생 시 대응 10가지

1. 안전 확보

2. 정확한 진단

3. 감별진단

4. 치매안심센터 연계

5. 장기요양보험 신청

6. 치매·간병보험 활용

7. 역할·경제 분담

8. 기능 유지·위험 관리

9. 돌봄자 소진 방지

10. 존엄성 중심 돌봄

1. 혈관 건강을 중심으로 한 기저질환 관리가 치매 예방의 핵심이다

60·70세대의 치매 원인 상당수는 혈관성 또는 혼합형 치매다.

즉, 혈관을 관리하면 치매 위험을 크게 낮출 수 있다.

- 고혈압·당뇨·고지혈증 관리
- 정기 혈액검사
- 뇌 MRI 촬영(뇌 위축·뇌혈관 확인)
- 수면무호흡증 검사
- 규칙적 운동과 금연

❍ 혈관 건강 관리가 곧 치매 예방이다.

2. 치매·간병·실손보험을 점검하고, 부족하면 보완한다

경제 대비는 치매 대비의 핵심이다.

이미 보험을 가입했더라도 보장 내용이 매우 오래되었거나 경증 치매가 보장되지 않는 경우가 많다.

※ 확인할 것
- 치매보험 보장 범위(경도·중등도·중증)
- 간병보험 월 지급형 여부
- 실손보험 유지 여부
- 보험 청구 절차

보완이 필요하다면

❍ 유병력자 간병보험, 경증치매 보장형 등 가능한 범위에서 추가 가입 검토.

❍ 치매 발생 시 경제적 충격을 막아주는 가장 큰 장치다.

3. 장기요양보험 등급 신청을 위한 기본 자료를 미리 정리한다

치매 진단이 내려지면 장기요양보험 등급 신청이 필요하지만, 등
급 승인 여부는 그동안의 의료 기록이 중요하다.

※ **지금부터 준비할 것:**

- 진단서·처방전·검진 기록 보관
- 약 복용 이력 관리
- 건강보험·의료비 내역 정리

◑ 평소 기록이 정리돼 있으면 등급 판정이 훨씬 유리해진다.

4. 일상생활능력(ADL/IADL)을 유지하는 생활습관을 만든다

노년기에 일상생활 능력을 지키는 것은 치매 예방뿐 아니라 치매
진행을 늦추는 가장 실질적 방법이다.

- 매일 걷기 4~6천 보
- 가벼운 근력운동(하체 중심)
- 규칙적 식사
- 일정한 수면
- 간단한 가사·정리 습관 유지

◑ 스스로 할 수 있는 기능을 지키는 것이 가장 중요한 예방이다.

5. 인지 자극 활동을 꾸준히 유지한다

뇌는 쓰지 않으면 빠르게 위축된다. 특히 익숙한 것보다는 "처음
경험하는 활동"이 인지 보호 효과가 높다.

- 독서
- 악기 연습
- 글쓰기
- 새로운 취미나 기술 배우기
- 여행·전시 관람

- 보드게임·퍼즐

  ● 새로운 자극이 치매 예방에 가장 강력한 요소다.

6. 사회적 관계를 유지하고 정서적 고립을 피한다

사회적 고립은 치매 위험을 크게 높이는 요소다. 정기적인 대화와 관계는 뇌의 감정 회로를 자극하며 치매를 늦춘다.

- 경로당·모임 참여
- 친구·가족과 정기적인 만남
- 지역 봉사·취미 활동
- 외출 루틴 만들기

  ● '사람을 만나는 습관'이 뇌 건강을 지킨다.

7. 주거 환경을 노년기에 맞게 미리 정비한다

치매 발생 후에는 집 구조를 바꾸기 어려우므로 60·70대가 스스로 움직일 수 있을 때 미리 준비하는 것이 좋다.

- 욕실 손잡이 설치
- 미끄럼 방지 매트
- 계단·문턱 제거
- 밝은 조명 활용
- 중요한 물건 고정 위치 설정

  ● 작은 환경 개선이 이후 사고와 간병비를 크게 줄인다.

8. 치매가 왔을 때의 경제·의료·돌봄 의사를 미리 정리한다

치매 이후에는 의사 결정이 어려워지기 때문에 본인의 가치관을 미리 정리해두는 것이 중요하다.

※ 정리할 내용:

- 연명치료 여부

•요양원 입소에 대한 입장

•집에서 돌봄을 받을 의사

•자산 사용 기준(연금·저축 사용 순서)

•의료 대리인 또는 가족 대표 결정자 지정

◉ 사전 의사정리는 가족의 부담을 최소화하고 본인의 존엄을 지키는 핵심이다.

◁ 요약 ▷ 60·70세대의 치매 대비 핵심 8가지

1. 혈관 중심 건강관리
2. 치매·간병·실손보험 점검 및 보완
3. 장기요양보험 대비 의료 기록 정리
4. 일상생활능력 유지 습관
5. 인지 자극 활동 지속
6. 사회활동 유지
7. 주거 환경 정비
8. 돌봄·경제·의료 의사 사전 정리

부모의 치매는 어느 순간 갑작스럽게 찾아오는 것처럼 보이지만, 실제로는 그 이전에 여러 신호와 준비의 공백이 존재한다.

40·50세대가 지금 할 수 있는 일은 "치매를 예방하는 건강관리"와 "발병 후 혼란을 줄이기 위한 구조화" 두 가지다.

부모가 아직 건강할 때 준비하면, 돌봄의 질은 높아지고 가족 갈등은 크게 줄어든다.

1. 부모의 기저질환을 함께 관리한다

부모는 자신의 건강을 책임지고 관리한다고 생각하지만, 약을 잊어먹거나 수치를 제대로 모르는 경우가 많다.

혈압·당뇨·고지혈증은 치매 위험을 크게 높이는 요소이기 때문에 자녀가 주기적으로 체크해주는 것이 중요하다.

- 혈압·혈당·콜레스테롤 확인
- 약 복용 여부 점검
- 정기 검진 동행
- 수면 상태·무호흡증 여부 확인

➲ 혈관 건강을 관리하는 것이 치매 예방의 핵심이다.

2. 부모의 안전 환경을 치매 오기 전에 정비한다

치매가 오고 난 뒤에는 집 구조를 바꾸기 어렵다.

지금 미리 안전 환경을 만들어두면, 낙상·화재·배회 등 나중에 발생할 수 있는 치명적 사고를 예방할 수 있다.

- 욕실 미끄럼 방지
- 욕실·계단 손잡이
- 조명 밝기 개선
- 야간 센서등
- 가스 자동 차단기
- 문턱 제거

3. 부모의 보험을 정확히 파악하고, 없다면 가입까지 진행한다

부모의 치매 대비에서 가장 중요한 경제 기반은 보험이다.
문제는 부모 본인이 무슨 보험을 가입했는지 모르는 경우가 매우
많다는 점이다. 자녀가 반드시 파악해야 한다.

- **치매보험**(경도·중등도·중증)
- **간병보험**(월 지급형)
- **실손보험 유지 여부**
- **보험증권·보장 내용·청구 절차**

그리고 가장 중요한 점은,

➡ 부모에게 치매·간병 관련 보험이 없다면 가능한 범위 내에서
  가입을 검토해야 한다.(유병력자 간병보험, 경도치매 포함형 등)

◐ 치매 발생 후 매달 200~400만 원이 드는 현실을 대비해야 한다.

4. 부모의 자산·계좌·문서를 함께 단순화한다

치매가 오면 가장 먼저 무너지는 기능은 돈 관리다.
자산·계좌·문서가 복잡할수록 돌봄의 혼란과 사기 위험이 커진
다.

- 계좌 다수를 3~5개로 통합
- 신용카드 정리

- 자동이체·보험 목록 작성
- 등기부·연금·보험·서류 파일화
- 가족 비상 연락망 정리

⭕ **구조가 단순할수록 향후 대응 속도와 정확성이 달라진다.**

5. 부모의 의사와 생각을 사전 대화로 정리한다

부모의 치매 돌봄 과정에서 가장 크게 발생하는 갈등은 "부모의 의사를 미리 듣지 못해 생기는 혼란"이다.

사전 대화는 매우 중요하다.

- 요양원 입소에 대한 부모의 생각
- 집에서 돌봄을 받고 싶은지 여부
- 연명치료 의사
- 부모 자산을 돌봄에 사용할지 여부
- 위기 시 대표 의사결정자 지정

⭕ **단 한 번의 대화가 향후 10년의 갈등을 예방한다.**

6. 사회활동·운동·인지활동을 유지하도록 돕는다

부모가 집에만 머물기 시작하면 치매 위험은 2~3배 증가한다.

자녀가 적극적으로 활동을 유지하도록 도와야 한다.

- 모임·경로당 참여
- 걷기·운동 동행
- 취미·학습 제안
- 외출·여행 기획

⭕ **사회적 활동은 뇌 건강에 직접적인 영향을 준다.**

7. 치매 조기징후를 자녀가 관찰한다

부모는 자신의 변화를 잘 인식하지 못한다.

자녀가 초기 변화를 감지하는 것이 가장 현실적인 조기 발견 방법이다.

- 반복 질문
- 최근 기억 장애
- 계산 능력 저하
- 방향 감각 저하
- 집안 일 처리 감소
- 약 복용 누락
- 감정 변화(우울·짜증)

◐ 이상 징후가 보이면 바로 신경과 진료로 이어져야 한다.

8. 부모 치매 발생 시 필요한 돌봄·경제·역할 시스템을 사전에 설계한다

부모 치매는 "즉흥적 대응"으로는 절대 지속할 수 없다.

40·50세대는 미리 시스템을 구성해두어야 한다.

① 돌봄 구조

- 장기요양보험 등급 신청 절차 파악
- 위치추적·비상벨 계획
- 요양보호사·주야간보호센터 조사

② 경제 구조

- 월 돌봄비 예측
- 부모 자산·보험금 사용 기준
- 간병비·시설비 재원 구분

③ 역할 분담

- 시간 돌봄
- 경제 부담
- 병원·약 관리

◐ 사전 시스템 설계는 부모 치매 돌봄의 지속 가능성을 좌우한다.

1. 부모 기저질환 관리

2. 안전 환경 미리 구축

3. 보험 파악 + 보험 없으면 가입

4. 자산·계좌·문서 단순화

5. 부모 의사·가치관 대화

6. 사회·운동·인지활동 유지

7. 치매 조기징후 관찰

8. 돌봄·경제·역할 시스템 설계

누구에게나 치매는 '남의 일'처럼 느껴지지만,
실제로는 40·50·60·70세대 모두에게 현실적인 미래다.
특히 평균수명이 길어진 지금,

"내가 치매에 걸렸을 때 어떻게 살고 싶은가"를 미리 정해두는 것은
나의 존엄을 지키는 일이며, 가족에게 주는 마지막 배려이기도 하다.
아래의 10가지는 나의 미래 치매 대비를 위한 최소한의 기본 구조다.

1. 혈관·심장·대사질환을 중심으로 내 건강을 관리한다

치매 예방에서 가장 강력한 요소는 뇌를 직접 관리하는 것이 아니라 혈관 건강을 지키는 것이다.

- 고혈압·당뇨·지질관리 철저
- 체중·허리둘레 관리
- 수면무호흡증 치료
- 규칙적 운동(걷기+근력)
- 절주·금연

➡ 내 건강을 지키는 것이 곧 내 미래의 치매 예방이다.

2. 치매·간병보험을 반드시 확보해 두어야 한다

치매는 의학의 문제이기 전에 경제의 문제다.
치매가 오면 매월 200~400만 원의 간병비가 필요하다.

※ 지금 해야 할 것:

- 치매보험 가입 여부 확인

- 경증·중등도·중증 보장 확인
- 간병보험 월 지급형 가입
- 실손보험 유지 여부 점검
- 보험증권 한 곳에 정리

3. 장기요양보험 등급 신청에 필요한 기록을 꾸준히 관리한다

치매 진단 후 등급 신청을 하게 되는데, 이때 과거 의료 기록은 매우 중요한 기준이 된다.

※ 정리할 기록:

- 처방전·진단서
- 혈압·혈당 기록
- 검진 결과
- 병원 방문 내역

➲ 나는 미래의 나를 위해 '기록을 남기는 습관'을 만들 필요가 있다.

4. 디지털 계정·금융 정보·문서를 미래 대비 관점에서 정리한다

치매가 오면 가장 먼저 무너지는 것이 비밀번호·계정·금융 관리 능력이다.

※ 지금 해야 할 것:

- 계정·암호를 통합 정리
- 불필요한 계정 삭제
- 실명 인증 앱·금융앱 최소화
- 가족에게 비상 접근 권한 공유
- 금융 자산 구조 단순화

➲ 디지털 단순화는 미래 치매 대비의 새로운 핵심이다.

5. 일상생활능력(ADL)과 인지 기능을 유지하는 생활 습관을 만든다

치매는 기능 저하 질환이다. 따라서 스스로 할 수 있는 능력을 유지하는 것이 무엇보다 중요하다.

- 규칙적 식사
- 집안 정리
- 외출·산책
- 취미 유지
- 수면 리듬 유지
- 물 충분히 마시기

❍ 일상 기능을 지키는 습관이 미래의 나를 보호한다.

6. 인지 자극 활동과 새로운 배움을 지속한다

뇌는 쓰는 만큼 유지된다. 특히 익숙한 것보다 "처음 배우는 것"의 효과가 압도적이다.

- 글쓰기
- 독서
- 악기
- 외국어 학습
- 보드게임
- 새로운 취미·기술 배우기

❍ 뇌에 새로운 자극을 주는 생활은 치매를 늦춘다.

7. 사회적 관계를 유지하고 정서적 고립을 피한다

정서적 고립은 흡연보다 더 강력한 치매 위험 요인이다.

- 정기적인 사람 만남
- 동호회·종교·모임 참여
- 가족과의 연락 유지

•외출 루틴 설정

8. 주거 환경을 '미래의 나' 기준으로 미리 정비한다

치매가 오고 나면 집 구조를 스스로 바꿀 수 없다. 따라서 지금부터 "치매 친화적 구조"를 준비해야 한다.

•욕실 손잡이

•미끄럼 방지

•문턱 제거

•밝은 조명

•물건 위치 고정

•가스 자동 차단기

❱ 환경은 나의 안전을 지키는 가장 현실적 장치다.

9. 내가 치매가 되었을 때의 의사·가치관을 명확히 정리한다

미래의 나를 위한 가장 중요한 대비는 내가 어떤 삶을 원했는지 "기록으로 남기는 것"이다.

※ 정리할 내용:

•연명치료 여부

•요양원 입소에 대한 생각

•집에서 돌봄을 받을지 여부

•금전 관리 담당자 지정

•의료 대리인 지정

•사전 연명 의료의향서 작성

❱ 내 의사를 미리 남기는 것이 가족의 삶을 지킨다.

10. 가족과 '나의 치매 대비 계획'을 공유한다

아무리 준비가 잘 되어도 가족이 모르면 의미가 없다.

※ 공유할 내용:

- 보험 구조
- 금융·디지털 정보
- 돌봄 담당자
- 치료·연명·요양에 대한 나의 결정
- 주거·경제 계획

➡ 가족과의 공유가 모든 대비를 실제로 작동시키는 마지막 단계다.

◁ 요약 ▷ 내가 치매에 걸린다면 지금 준비할 10가지

1. 혈관 건강 관리
2. 치매·간병보험 확보
3. 장기요양 대비 기록 정리
4. 디지털·금융 구조 단순화
5. 일상 능력 유지 습관
6. 인지 자극 활동
7. 사회적 관계 유지
8. 주거 환경 미리 정비
9. 의사·가치관 사전 정리
10. 가족과 대비 계획 공유

치매는 의학적 질환이지만, 가족에게 실제로 가장 큰 부담을 주는 것은 기억 소실이 아니라 재정 소실이다. 치매 환자의 돌봄 기간은 평균 7~10년, 중증으로 넘어가면 10~15년 이상 지속되는 경우도 많다. 이 기간 동안 필요한 비용은 매월 200~400만 원, 총액은 1억~3억 원 이상에 이른다.

따라서 치매 대비의 핵심은

① 제도로 비용을 줄이고

② 보험으로 비용을 보전하며

③ 경제 구조를 단순화해 비용이 새지 않게 만드는 것

이 세 가지 구조다.

1. 치매는 '단기전'이 아니라 '장기전'이므로 고정비부터 파악해야 한다

치매 돌봄 비용은 다음 세 가지가 반복적으로 발생한다:

1. 간병비
   - 요양보호사 시간당 비용
   - 주·야간보호센터 비용
   - 단기보호(Respite) 비용
   - → 치매 비용의 절반 이상을 차지하는 핵심 고정비

2. 의료비
   - 약값
   - 정기 뇌 영상 검사(MRI 등)
   - 응급 상황
   - 합병증(낙상·감염 등)의 치료비

3. 생활비 증가분
- 안전장치(센서, 손잡이)
- 보조기구
- 이동·대행비

치매 초기에는 비용이 거의 들지 않지만 중기부터 급격히 비용이 증가하기 때문에 "언제 얼마가 드는가?"를 정확히 아는 것이 대비의 시작이다.

2. 장기요양보험은 치매 비용을 절반 이하로 줄이는 국가 핵심 제도다

장기요양보험은 치매 가족에게 사실상 **세금 이상의 실질적 '현금 가치'**를 제공하는 제도다.

등급을 받으면:
- 방문요양(요양보호사): 월 10~40만원 상당
- 주·야간 보호: 월 60~160만원 상당
- 단기보호: 월 10~30만원 상당
- 복지용구(침대, 보조기구 등): 80~90% 지원

특히, 주·야간 보호 + 방문요양 조합은 가족의 시간·체력 부담을 획기적으로 줄인다. → 장기요양보험을 활용하면 월 200만 원 → 월 80~120만 원으로 줄어든다.

이 제도는 치매 돌봄 경제의 "절반을 해결하는 국가 시스템"이다.

3. 치매보험은 '진단자금', 간병보험은 '매월 생활비'다

(두 보험의 역할은 완전히 다름 → 둘 중 하나만 있으면 대비는 미완성)

❖ 치매보험 = 진단 즉시 확보하는 초기 대응 자금
- 진단 시 일시금 지급
- 안전장치 설치
- 주거 환경 개선

- 초기 치료·검사 비용
- 돌봄 충격 단계에서 자녀 부담 완화

❖ 간병보험 = 매달 받는 지속 가능한 생활·돌봄비

- 월 50~200만원 지급
- 장기요양과 동시에 활용 가능
- 돌봄자 소진(번아웃)을 막는 가장 실질적인 재원

따라서 결론은 명확하다:

→ **치매 대비는 치매보험 + 간병보험의 '투트랙 구조'가 완성형이다.**

4. 부모가 보험을 기억하지 못하거나 '없는 경우'가 매우 많다

실제 현장에서는 부모가 보험을 가입했고 보장 내용이 좋은데도 본인이 전혀 기억하지 못하는 사례가 가장 많다.

※ 자녀가 반드시 확인해야 하는 목록:

- 치매보험 가입 여부
- 경도/중등도/중증 보장 여부
- 간병보험 월 지급액
- 실손보험 유지 여부
- 보험증권·보장 내용 정리
- 청구 담당자 지정

※ 보험이 없다면?

- 60~70대라도 유병력자 간병보험
- 경증치매 보장형 치매보험 등 가입 가능한 상품이 존재한다. 치매 대비에서 보험 파악·가입은 경제 기반의 30~40%를 차지하는 핵심 요소다.

5. 실손보험은 치매 치료의 '기본 인프라'다

치매 초기에는 진단·검사·합병증으로 의료비가 반복적으로 발생한다.

- 뇌 MRI
- 혈액·인지 검사
- 감염·낙상 비용
- 응급실

이 비용을 가장 안정적으로 보전하는 것이 실손보험이다.

6. 자산·계좌·문서 단순화는 '필수'이며 효과는 절대적이다

치매 진행 시 가장 먼저 무너지는 것은 비밀번호·계정·금융 관리 능력이다.

※ 지금 반드시 준비해야 한다:

- 계좌 10개 → 3∼5개로 통합
- 카드 3∼5장 → 1∼2장으로 축소
- 자동이체 목록 정리
- 보험·부채 리스트 작성
- 등기부·연금·증권 서류 한 파일로 정리
- 가족에게 금융 접근 권한 공유

※ 정리 효과:

→ 사기 위험 90% 감소

→ 체납·누락 70% 감소

→ 치매 이후의 혼란 80% 감소

7. 사전 의사결정(연명·요양·대리인 지정)은 '보이지 않는 비용'을 크게 줄인다

치매가 오면 의사결정 능력이 사라지기 때문에 사전에 자신의 의사를 기록해두면 가족 갈등 비용, 의료비 과다 지출, 불필요한 연명의료 등을 막을 수 있다.

※ 정리 항목:

- 연명치료 여부
- 요양원 입소 의사
- 집에서 돌봄 받을지 여부
- 자산 사용 원칙
- 의료 대리인 지정
- 사전 연명 의료의향서 작성

→ 사전 의사결정은 경제·감정·의료 자원 모두를 절약한다.

8. 치매 돌봄은 가족 한 명의 헌신으로는 절대 지속되지 않는다

치매 돌봄은 1~2년이 아니라 7~10년이다. 가족 한 명이 전담하면 반드시 붕괴한다.

※ 필요한 시스템:

- 시간 돌봄 분담
- 경제 부담 분담
- 요양보호사 활용
- 주야간보호센터
- 단기보호(Respite)
- 정보 공유 체계(카톡·앱)

→ 치매는 가족 시스템이 대응하는 문제이지 누군가의 "희생"으로 해결할 수 있는 문제가 아니다.

9. 요양시설·간병 서비스는 '사전 조사'가 필수다

치매가 오고 난 뒤에 요양원을 알아보기 시작하견 대기자 때문에 사용할 수 없는 경우가 많다.

※ 사전에 조사할 것:

- 집 근처 요양원 평가등급
- 비용·입소 조건
- 주야간보호센터 운영시간
- 방문요양센터 지원 범위
- 대기 여부

→ 사전 정보가 있으면 위기 상황에서도 "가장 좋은 선택"을 빠르게 할 수 있다.

10. 치매 대비의 핵심은 '돈을 많이 모으는 것'이 아니라 '구조를 갖추는 것'이다 자산 규모보다 더 중요한 것은 구조화이다.

※ 가장 중요한 구조 3가지:

1. 제도 구조
   - 장기요양보험
   - 치매안심센터
2. 보험 구조
   - **치매보험**(진단금)
   - **간병보험**(월 지급형)
   - 실손보험
3. 경제 구조
   - 계좌 단순화
   - 자산·문서 정리
   - 가족 공유
   - 대리인 지정

→ 이 구조만 갖추면 부모 치매도, 나의 치매도 대응이 가능하다.

→ 이것이 "치매 대비 99% 완성 모델"이다.

1. 혈관 건강 관리
2. 치매·간병보험 확보
3. 장기요양 대비 기록 정리
4. 디지털·금융 구조 단순화
5. 일상 능력 유지 습관
6. 인지 자극 활동
7. 사회적 관계 유지
8. 주거 환경 미리 정비
9. 의사·가치관 사전 정리
10. 가족과 대비 계획 공유

치매는 어느 한 세대의 문제가 아니라, 우리 모두가 함께 준비해야 할 삶의 현실이다. 부모를 돌보는 일도, 언젠가 나를 대비하는 일도 결국은 가족의 삶을 지키는 과정이다. 오늘의 작은 준비가 내일의 큰 혼란을 막고, 돌봄의 부담을 반으로 줄인다. 제도와 보험, 안전과 기록, 그리고 가족 간의 이해가 모여 치매 대비는 완성된다.

누군가의 기억이 흐려질 때, 그 곁을 지키는 힘은 바로 지금의 준비에서 시작된다.

:: 치매 병리 개념 정리

1. **알츠하이머형 경도 인지장애**
   (Mild Cognitive Impairment, MCI)
   치매로 이행되기 전 단계의 인지 저하 상
   태로, 기억력·집중력·판단력의 감퇴가 있
   으나 일상생활 기능은 대부분 유지된다.
   해마의 신경세포 손실과 베타아밀로이드
   축적이 주요 원인이다.

2. **시간 지남력 장애**
   (Temporal Disorientation)
   현재의 날짜, 시간, 계절, 사건의 순서를
   인식하지 못하는 증상. 알츠하이머병의 초
   기 징후로, 해마와 측두엽의 기능 저하로
   발생한다.

3. **기억 재구성 오류**
   (Memory Reconstruction Error)
   기억의 공백을 감정이나 추론으로 보완하
   며 실제와 다른 사건을 만들어내는 현상.
   환자는 이를 진실로 믿는다.

4. **감정 우위 회상**
   (Emotion-Dominant Recall)
   사실보다 감정의 흔적이 더 강하게 저장·
   회상되는 현상. 뇌의 변연계가 해마보다
   우위에 작동할 때 나타난다.

5. **관계적 오인**
   (Relational Misidentification)
   가장 가까운 가족이나 지인을 낯선 사람
   처럼 여기거나, 신뢰 관계를 왜곡해 의심
   하는 현상. 사회적 인식 기능의 붕괴를 의
   미한다.

6. **감정기억 과증폭** (Emotional Hypermnesia)
   특정 감정(분노·두려움·서운함 등)이 지
   속적으로 강화되어, 사실 기억보다 감정
   적 반응이 우선적으로 남는 상태.

7. **부분적 병식** (Partial Insight)
   자신의 인지 저하나 이상 행동을 부분적
   으로 인식하지만, 완전히 수용하지 못하는
   상태. 병식(illness insight)이 완전히 사라
   지기 전의 과도기적 단계다.

8. **투사** (Projection)
   자신의 불안·두려움·결함을 타인에게 옮
   겨 인식하는 방어기제. 치매 환자에서는
   자신의 혼란을 배우자나 가족의 문제로
   돌리는 형태로 나타난다.

9. **의미 왜곡 / 조작 기억** (Confabulation)
   실제 기억의 빈자리를 상상이나 감정으로
   채워 일관된 이야기로 재구성하는 현상.
   환자는 이를 꾸며낸 이야기로 인식하지 못
   한다.

10. **감정 중심 인지 구조**
    (Emotion-Driven Cognition)
    이성적 판단보다 감정적 해석이 인지를 지
    배하는 구조. 전두엽 억제 기능이 약화되
    고 편도체 활동이 과잉일 때 형성된다.

11. **망상 전이기** (Delusional Transition Phase)
    망상적 사고가 단순한 의심에서 '확신'으로
    굳어지는 단계. 현실 검증력(reality testing)
    이 약화되며 신념 체계가 형성된다.

12. **정서 안정기** (Emotional Remission Phase)
    격한 정동 변화가 잠시 진정되고, 감정·
    행동이 일시적으로 안정되는 완화기(寬解
    期). 일시적 회복처럼 보이지만 신경학적
    호전은 아니다.

13. **환경–정서 상호조절 효과**
(Environment–Affect Interaction)
외부 환경의 긍정적 변화(예: 가족 방문,
생활 안정)가 정서적 안정에 직접 작용하
여 일시적으로 인지기능이 향상되는 현상.

14. **순환형 인지–정서 불안정** (Cycling
Cognitive–Affective Instability)
인지 기능과 감정 조절이 교대로 무너지고
회복되는 패턴. 하루나 몇 시간 단위로 정
서 진폭이 반복되는 것이 특징이다.

15. **피해·질투 망상**
(Persecutory / Jealous Delusion)
가족이나 배우자가 자신을 해치거나 속인
다고 확신하는 망상. 노년기 알츠하이머
치매에서 흔한 정신증적 증상이다.

16. **망상적 자아 중심화**
(Delusional Self–Centralization)
모든 사건과 상황을 '나를 중심으로 일어
나는 일'로 해석하는 사고 구조. 외부 현실
과 자기 표상이 구분되지 않는다.

17. **다축 망상 통합**
(Polymorphic Delusional Consolidation)
질투·피해·재산 등 서로 다른 유형의 망
상이 하나의 서사로 융합되는 단계. 망상
체계가 굳어져 외부 논리로 수정되지 않
는다.

18. **사고 과정 붕괴** (Thought Disorganization)
문장 구조와 사고의 논리 연결이 해체되
어, 단절적이거나 비약적인 표현이 반복되
는 현상. 전두엽–측두엽 회로의 손상에
기인한다.

19. **정서 폭풍** (Affective Storm)
감정이 급작스럽게 폭발하며 언어·행동의
통제가 불가능한 상태. 분노·공포·절망이
교차하며 신체적 폭력으로 이어질 수 있
다.

20. **망상 체계의 경화**
(Delusional Consolidation)
망상이 외부 자극이나 설명으로 수정되지
않고, 완전히 고착되어 사고의 중심축이
되는 단계. 환자는 자신의 신념을 '절대적
진실'로 믿는다.

21. **정서기억(감정 반응) 보존**
(Limbic Emotional Preservation)
언어·인지 기능이 소멸된 이후에도 감정
자극(촉감·음성·눈빛)에 반응하는 현상.
변연계(특히 편도체)가 끝까지 기능함을
의미한다.

22. **전반적 인지 붕괴**
(Global Cognitive Failure)
기억·언어·판단·공간 인식 등 모든 인지
영역이 동시에 쇠퇴하는 상태. 말기 치매
의 전형적 병리 단계이다.

23. **반사적 감정 반응** (Reflexive Affect)
논리적 사고 없이 본능적 정서 반응만 남
는 상태. 웃음·눈물·촉감 반응 등은 남지
만 인지적 해석은 불가능하다.

24. **감정의 마지막 보루**
(Final Emotional Preservation)
모든 인지 기능이 소실된 이후에도 남는
최소한의 정서 반응. 인간 뇌의 최심부 기
능으로, '존재의 마지막 흔적'으로 간주된
다.